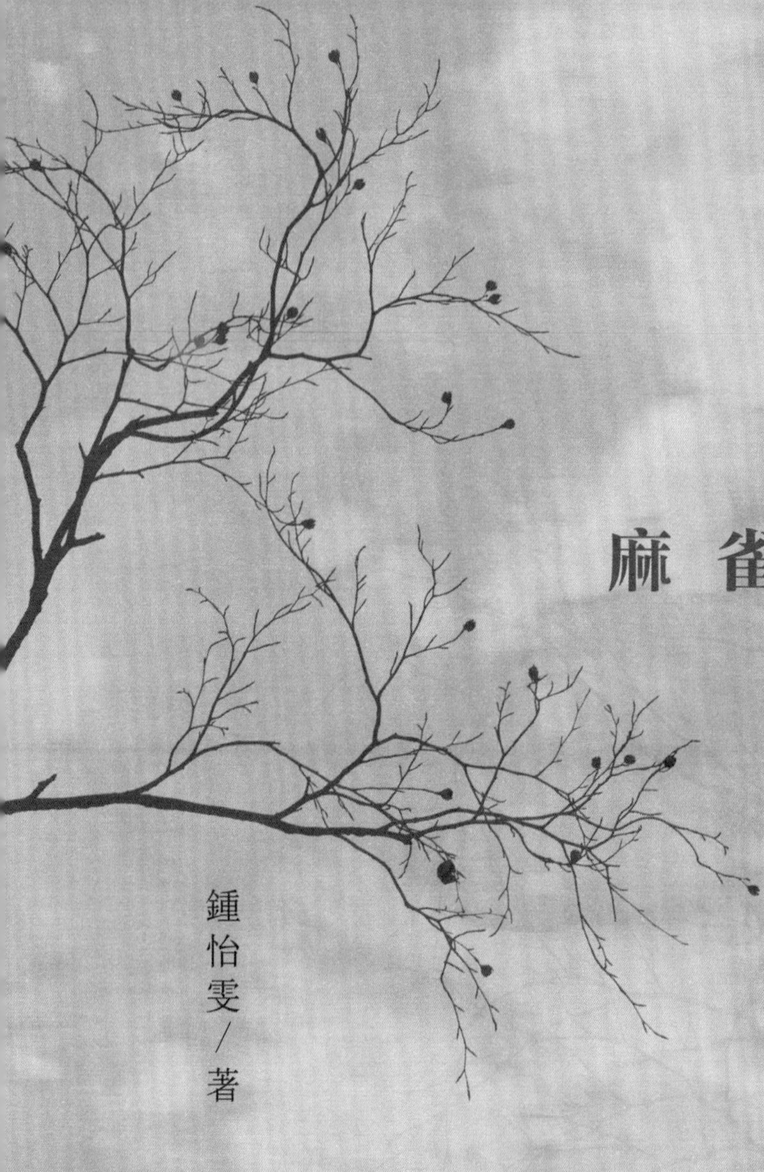

麻雀樹

鍾怡雯／著

目次

輯一：看樹

輯二：塵埃

白手起家（自序）

灰雲在天的盡頭堆疊，竹林和樹狂擺，蟬噤聲。颱風要來了。

在窗邊看雲。雲連滾帶跑。只有颱風天，才看得到雲的速度和變化。平時看來溫吞的雲，奔跑起來可是病貓變猛虎。如果從飛機看出去，雲團就像柔軟蓬鬆的床。用了多年的床單也是鼠灰色，灰雲讓我想到床。

我愛看雲。颱風前的火燒雲可媲美赤道瑰麗的晚霞，然而晚霞迎來的是每一個尋常夜晚，火燒雲帶來的卻是精神上的大刺激。聽到颱風要登陸，免不了精神緊張。住新店時，斜坡滾下石頭，把樓上鄰居的車子砸凹一個大窟窿。車子當然是報廢了。十多年過去，至今記得那位倒楣鄰居的名字，以及紅車頂著石頭的受災場景。

盛夏搬進社區，第一個登陸的颱風讓地下停車場淹水，幸好車子移得快，遂對颱風更提防。夏天，多麼熟悉的熱。曾經陌生，現在亦已漸漸熟悉的颱風，防颱措施也應對如流。清除陽臺的落葉枯枝，移動大大小小盆栽，魚缸放水。

有一次強颱來襲，出水孔被幾片腐葉堵住，只差一吋不到，水就要灌進家門。即使出水孔清過，也得隨時留意新打下的葉子，冒雨清落葉是常有的事。盆栽若不集中一處，強風狂掃起來總有幾盆要滿地打滾，一夜不得安寧。花和樹經風雨一番摧殘，折枝損葉，颱風走後又是大勞作。魚缸水位一定得先降，跟水壩洩洪一樣。否則一覺醒來，恐怕要滿地找鯉魚。在自家陽臺摸魚沒什麼好玩的，又不能吃。五隻鯉魚養了多年，都頗有份量，一隻足夠煮一鍋酸辣魚。牠們吃東西時可以任我摸頭。滑溜溜的魚頭，毛絨絨的貓頭，魚養久了跟貓一樣，我很確定牠們認得人，煮魚純屬異想。想到魚被摸頭的表情，怎麼下得了手？

如果沒有家，就不會生出這些那些的擔憂和牽掛，颱風來不來，雨下不下，那是氣象局的事，犯不著憂心，買個一日糧家裡蹲就成了。不買也行，只要肯出門，餓不著的。不只一次，來拜訪的朋友讚美房子打理得真好，然後問，你家有請傭人吧？有啊，我指著自己，馬傭。

唉，為什麼把家弄得那麼大規模？

翻出舊照片，從前院子和陽臺空曠得簡直荒涼。荒涼是學生說的。他們吵著要來新家玩，上了四樓，脫口而出，這裡很荒涼啊。當時新種的吉野櫻纖細瘦小，完全沒辦法想像它會長成三層樓高，擋住半邊牆的大樹。還有數不清的果樹花草長得出奇茂盛，我的鄰居說，你應該換間有大院子的房子。說的是。跟剛搬來相比，現在的規模可以稱得上「白手起家」。

房子沒有很大，也不豪華，絕對沾不到豪宅的邊，「密度」倒是很大。要顧的動植物很多，瑣碎家事永遠忙不完。耗神費時不說，出個遠門，得請人來餵貓餵麻雀餵四缸魚，來幫大小植物灑水。出門沒幾天就開始惦記，小傢伙不知道怎麼了？麻雀肯定瘦了些吧？糧食夠嗎？魚好不好？如果春天出遠門，還得叮囑櫻花，千萬別早開。整年下來不就期待一次花開滿樹？可別等我回來繁花開過，或者花兒都謝了。

如此這般放心不下，就別老是往外跑，何況還有一個被臺灣米馴化的胃。餐餐麵包或麵食沒幾天，我的胃就開始想念米飯。多麼渴望熱騰騰的飯啊。返馬時，我喜歡各式各樣的粿條麵食，要不就是「加料」過的椰漿飯，黃薑飯，或者雞油飯。白飯不好吃。彈性不夠，不香，無關煮法，而是本質問題。曾經帶著臺灣米返馬。

家人說好吃，妹妹還讓我大老遠給她寄。臺灣米真是黏人。難怪出門超過十天便想回家，回家，回家吃的第一頓飯覺得最幸福。

不知道從什麼時候開始，出遠門回來，一進入中壢市區，就覺得熟悉，再雜亂的街景也覺得親切。後來，連從外縣市回來也這樣。尤其是開車前往陌生的所在，去程迷路繞路，回程百轉千折，歷經到不了目的地也回不了家的煎熬，精神一路緊繃，待熟悉的街景一出現，立刻肩頸放鬆。哎，回家的感覺實在太美好了。天底下，再沒有比家裡窩更舒服自在的了。

原來，家的感覺是這樣。在臺灣住了二十六年，慢慢有生根的感覺，可能看樹看久，跟樹看齊了。

困頓低潮的日子裡，樹撫慰人心的力量，讓我覺得不可思議。不論櫻花、野桑椹、構樹，不論白天或夜晚，只要窗邊站一會兒，看一看樹，就看出了自在和平靜，不自覺微笑起來。那是神祕的呼應，生命的連結。沒有言語，它直指人心。也許是從小跟樹相看兩不厭，對我而言，樹安心止痛的作用簡直神奇，樹跟麻雀同樣讓人心生喜悅。夏日傍晚，吉野櫻的樹葉隨風翻飛，樹枝搖曳，麻雀擇技而棲，寧靜的夜的前奏。

居家的日子多麼平靜美好。我應該戀家黏家才對，卻仍然要離開。固定的，經常性的離開。最高紀錄半年內出入境五次。接下來，足足有九個月，對離家這事徹底厭倦，希望腳底生根，當一棵樹。不行，我沒辦法像落地生根那樣，落地便長根。家裡待九個月之後，我又開始經常性的出去再回來，讚美樹喜歡麻雀覺得在家真好，然後離開。像輪迴，來來去去。

離家才能思考家的意義，這些年來，我在行旅中慢慢確認，也願意承認，自己的家在一個島上，而不是半島。想回去的地方是中壢，不是馬來西亞。這裡才是白手起的家。

半島已經是前世了。

輪迴是因為帶著前世的記憶。我所能解釋的前世，大概是十九歲的離家。離開半島才知道自由的意義，當然，也為自由付出代價。毫不眷戀的離開了油棕園，沒想到再也回不去。母親兩年前離世，父親另有家庭，弟妹有他們自己的家，馬來西亞已經斷成前半輩子的記憶，成了我的生命底色。我仍然帶著赤道之眼走天涯。

如今離家的意義比較接近遠行。姿態溫和多了，遠行之後總會很想回家。費心經營打理的家，也是我想掙脫的綑綁。不斷離開又回來，證明家的力量其實巨大無比。遠行肯定沒有在家舒服，有時簡直自討苦吃，特別是顛簸的旅程，語言不通交通不便，要什麼沒什麼，在街頭茫然失措，有錢卻不知道下一頓在哪裡。甚至，感受到回不了家的威脅。

在家窩著不就好了，幹麼找罪受？下輩子，下下輩子，我恐怕永遠當不成樹了，移動是我的宿命。在某些迷人的小城小鎮小鄉村，研究起當地的房屋廣告，夢想著在異鄉打造另一個家，想像再度白手起家的可能。離了家又在尋找定居的可能。離家是戒不掉的癮，也是一種能力，安居則是本錢。本錢存夠了，便放心的天涯海角去。

從小山野住慣了，城市不是我的居所。無法忍受汽機車的呼嘯，寧願聽卡拉OK的靡靡之音，在半鄉野的地方窩著。這麼多年來，交了各行各業的朋友，挽臉的、種菜的、按摩的、中醫師、推拿師，有機店的師兄師姊，慶幸還有一個安身之地。

我家在這裡。

輯一：看樹

看樹

入夏之後，構樹成了我的生活重心，也成為鳥類的另一個活動中心。自從跟它比鄰的野桑椹被砍去大半，構樹在多雨的春天，一下長成令人側目的大樹。

這要從野桑椹說起。有一晚發現側窗亮得刺眼，湊近一看，啊，又砍樹？野桑椹從大傘變成斜傾的半邊小傘。沒有樹蔭，燈光直接穿透米色窗簾，在地板打出耀眼光影。砍成這樣未免砍得太過頭了。鄰居解釋，火蟻沿著野桑椹的樹枝爬到他家草地上，靠他家的那半邊不得不清除。

火蟻從野桑椹生長的土地，攀上兩層樓高的樹幹，沿著鐵皮屋，越過圍牆，再爬下草地？這些火蟻是變種特工隊嗎？

不是故意砍樹啦，意思是這樣。好吧。不是我的樹，我能怎樣？我家吉野櫻就要放任它長。這是我的樹。我就愛大樹。樹應該長得野野的，長出勃發的生機，長成人類無法想像，只能讚歎的樣子。

可是那野桑椹，唉。每天在側窗發幾回呆，除了無用的嘆氣和打氣，最實在的便是給它施肥。雖然給一棵天生地養的樹做人工之事有點可笑，不過，沒有野桑椹，白頭翁可要斷糧了。對野桑椹和白頭翁而言，這是個殘忍的春天，可以聯手朗誦艾略特的詩，四月，是最殘酷的季節。

從這時開始，構樹以肉眼可見的速度勇猛的竄生。野桑椹一定跟構樹悄悄說了什麼。望著它們的時候，忍不住這樣想，樹跟樹，可是會溝通的。

兩棵樹在我家側牆，離老厝近些，屬於卡拉OK主人。不知道從哪來的，突然長成大樹，足以庇蔭兩戶人家。如果是雌構樹，那就有好吃又漂亮的莓果，我會毫不遲疑留它。雄樹就差多了，長條的果實像紅紫色的毛毛蟲，風吹時滿樹蠕動。風雨打落之後呈棕褐色，滿地焦屍。無論毛毛蟲掛滿樹或落滿地，都很不討喜。當然，這純屬個人好惡，是我以貌取樹。構樹屬於桑科，有人說這是放大版的桑椹，可食用。天降果樹不懂得吃，是暴殄天物。可是，連白頭翁都只肯吃隔壁那棵小小的野桑椹，斷糧了也任憑構樹果子掉落腐爛。鳥都不吃，我犯不著去做人體實驗吧？

實際上，構樹是好樹，再貧瘠的土地都能長，強悍耐活，是製紙的好材料，又可以抗污染淨化空氣，靠我家落地生根，算是我的福氣。附近的野地裡長了不少，或許最初的壞印象，是因為它太賤生了。

是的，是這個詞，賤生，最貼近構樹的特性。小構樹小小構樹繁衍的速度簡直神奇，有一棵很快會有第二第三棵，如果不是反覆清理，後面的空地很可能長成構樹林，我家可以改名叫構樹之家。幸好卡拉OK老闆比我們還擔心老厝被掩埋，總會拔除不斷湧現的小構樹，定時修理那棵大構樹。雖然如此，樹長的速度總是超越人砍的速度，構樹林已經小有規模，或許真有那麼一天，我家會構樹成蔭。

中壢冬天最可怕的是風，我家剛好地勢空曠，只要起風，後陽臺的遮雨篷被樹枝拖拉，發出刺耳又令人牙軟的磨擦聲，好像有人粗暴磨大刀，故意凌遲耳膜。磨幾下，沒耐性了，突然猛力一擊。如果在一樓專心做事，那突發性的打擊彷彿直達心臟，好比安靜凝神的步行中，有人從背後猛力拍肩，簡直精神大地震，魂都拍散了。在灰敗的冬天裡，樹枝跟風的合奏樂高一聲低一聲，磨礪我的神經。

即使在蕭瑟的冬天，構樹的生命力也很旺盛。有一陣子它確實禿了也黃了好些葉子，當我把目光聚焦吉野櫻時，在料峭春寒中，它悄悄長出茂密的新綠。除了賤生，別無他辭。也正因為賤生，陽臺那棵小構樹才會留下。

沒養過那麼強悍的植物。花盆的表土全被長春藤悉數覆蓋，根本沒有樹苗的生存空間。這傢伙從花盆底下的出水孔掙扎著探出頭來，長出細瘦的主幹，幾莖綠葉。長春藤肯定不是對手，早晚營養會被這傢伙吃光。我使盡蠻力拔除它，沒想到小不點的根鬚堅韌無比。拔不掉，剪。剪沒多久，它悄悄抽芽。我剪。它長。它長我剪。如此這般三、四回，絲毫不肯妥協，頑抗到底。樹很小，可是很倔強。

我投降。好吧，留你。

沒有土地的滋養，它長不成大樹，變成奇特的盆栽。兩三年了，也只尺餘高，主幹粗獷，幾枝搖曳的莖，四、五片缺裂形的葉，剛好讓來陽臺洗澡喝水的綠繡眼暫時棲息。秀氣的綠繡眼配上迎風款擺的小樹，另有一番閒散風情。不過，構樹頑抗的個性，算是給我長見識了。

比起來，野桑椹身姿柔軟多了。算一算，野桑椹比構樹大上四、五年，可是身形沒那麼張揚，是守候好幾代貓族的聖樹。十點二和十點半最愛這棵樹。牠們身形輕盈，表演特技似的走到樹枝末梢叫我，幾乎可以一躍而下進入我家。十點二的幼貓出生時夏正盛，等到牠可以爬樹，乾脆伏在樹枝午睡。風吹樹擺貓搖曳，這隻貓的絕世武功真是了得。牠垂下四肢，半歪著頭，蓋著樹葉編織的涼被，隨著風隨著樹枝的款擺安然入夢。這是貓界的小龍女，多麼不食人間煙火。樹影閃呀閃，陽光在牠的白毛上跳舞，這世界看來多麼安穩，多麼傳奇。看得我忘了熱，忘了人間危機四伏。

這隻貓雖然身手不凡，卻沒機會長大成貓，向世界展示牠的與眾不同。不到兩個月，小龍女突然失蹤，十點二慨慨寡歡。雖然我很清楚那意味著什麼，仍然每天望著空空的樹枝等待奇蹟，甚至夢見某個午後牠回來了，掛在樹上搖呀搖，像個轉瞬即逝的夢。奇蹟當然沒出現，只一張照片留下牠的絕世身影。傳奇不屬於人間，野桑椹默默地見證了這一切。

春天，野桑椹跟我家陽臺的桑椹一樣，同時由綠轉紅紫，白頭翁每天來啄果子，在枝頭高歌，母鳥帶著幼鳥練習飛翔。白頭翁、麻雀或綠繡眼的幼鳥都圓頭圓身，嬰兒肥的模樣，看起來非常稚氣。牠們在樹枝棲息時，老在理毛，翅膀末梢收不全攏，一副我還沒長大的樣子。等我長大，可就一體成型啦。

幼雀接受成雀餵食翅膀總是抖個不停。在我這個人類看來，牠們吃東西時，可是亢奮得很啊，好像身上裝了老在震動的小馬達。因此，麻雀小時候一律叫小抖。

構樹上的白頭翁幼鳥。

常來二樓陽臺照鏡子的麒麟斑鳩。

吉野櫻的攀木蜴。

小抖抖翅膀。小抖吃東西。小抖追著成雀要吃的，邊追邊叫還邊抖，就是不啄。食物在腳下啊。我不免懷疑，牠們是真的不會啄，還是在撒嬌?成雀大概從沒吃飽過，身型永遠比小抖瘦，總是在啄和餵，食物一到嘴，立刻被小抖急急要去。每天清晨，我在八重櫻樹底撒下有機糙米和混合穀類，彈舌喊開飯，守候已久的成雀和小抖急急待落下，如秋風吹下枯葉片片。

新生的抖們跟著爸媽來覓食，從叫聲便可以判斷是成鳥或小抖。小抖的發聲聽起來是啜起嘴形吸入式的，很稚拙當然有時也挺煩的。牠們跟成鳥一樣話多，一樣中氣十足，急切的單音要命的清晰。只要一隻，一隻就夠了。如果牠透早練嗓，靠落地窗睡覺的人若非睡得熟爛，肯定會醒。白頭翁是起床號，叫起來一連串五、六個抑揚頓挫的高音。牠們不吃穀類，可是鍾愛我家吉野櫻，也很喜歡野桑椹和構樹，每天來玩耍。從早到晚，耳朵都是白頭翁此起彼落的應和，牠們是真正的歌唱家，比聒噪的喜鵲悅耳太多了。後來，樹雀拖著長尾巴來逛了幾回，麒麟斑鳩也高貴現身。

因為樹，我家快成飛禽公園了。

我養成隨時倚窗，且倚窗成痴的習慣。從一樓二樓到三樓，從屋前到屋後，看樹看鳥看天，更遠處的茂密竹林，小規模的野樹叢。晴天看，雨天看，甚至晚上。夜裡的樹影顯得特別寧靜。經過鳥類一整天的疲勞轟炸，樹也終於準備歇息了。

這種放空最容易廢時曠日，該做的事沒做，做到一半的事，也沒興致再做了。杯子、書和手機出現在不該出現的位置，大概是東西拿著，走到窗邊出神，隨手一擱，便把它們遺忘了。

入夏時，竟然來了一隻松鼠。簡直發現新物種似的歡騰，喔，松鼠，哪來的松鼠。牠攀在野桑椹的主幹上，專注觀察四周的環境。大概是初來。我屏息凝神，直到牠轉身躍上構樹，迅速消失在視線之外。

那幾天，松鼠一直在我腦海忽隱忽現。

從前我確實很愛看樹。與其說看樹，不如說對著樹發呆。紅毛丹、紅毛榴槤、芒果、土番石榴，連綿的望不盡的油棕。認識與不認識的，軌道與公路旁，無論坐火車、巴士或汽車，或者在家裡，那些丰姿迷人的赤道之樹，被雨水驕陽滋養得多麼出色。看樹時，其實內心充滿對現實的迷惑，對未來茫然，一點也不詩意，只想藉著外物移轉情緒，讓跑不停的腦袋喘一喘息。

有樹，便有鳥；有果樹呢，肯定少不了松鼠。松鼠在客家話裡叫「大尾鼠」，非常形象化，母親喊「大尾鼠」時很開心很有喜感，好像松鼠拎了一條大尾巴來娛樂她似的。印象最深刻的，是油棕園塵土滿布的候車亭旁，攀附著錢榆和野蕨的老樹。上學的日子，我從斜坡沿著一排扁柏走下來，遠遠望見老樹佇立在尚未破曉的天色中。樹形跟天色之間仍然是界線清楚的，它的粗壯枝椏集中在高處，落落幾筆，線條遒勁有力。樹葉在枝幹中間或末梢成團蓬開，像朵朵暗綠色的雲錯落有致的掛著，很適合入畫。

因為松鼠，突然電光石火，那麼久遠的畫面清晰的穿越時空而來。突然明白，旅行時，為何樹常常是眼睛和鏡頭下讓我著迷的風景。溫帶的樹。赤道的樹。冷與熱的強烈對照，內斂與外放，兩者都讓我凝神。

幾年前，深冬在亞維儂。染坊街清澈的溪水旁，有一株傲岸的樹，不高，樹形是個傾斜的「乙」字，凌空掠過溪水，往天空斜斜飛上去。溪水裡長著它的倒影，一樹生二相。跟張揚茂盛的赤道之樹比起來，松針科植物的葉片和枝椏相對稀疏，有種極簡的俐落風格。不過，它吸引我的不只是外形，而是一種乾淨純粹的氣質，像個真正的修行者。這樹好像連皮相都不要了，部分樹皮跟樹幹分離，呈半附著狀，樹身因此顯得特別斑剝。用手指輕撫樹皮，感受到它的剛毅。稍用力一扳，乾硬的樹皮立刻成塊剝落，我吃了一驚，那麼容易就掉了啊？

無所謂，你要，拿走吧。彷彿它的回應是這樣。分明是它身上的東西，卻有身外之物的瀟灑。堤邊翠綠的青苔上，撒落幾顆暗褐色果實。我很好奇這樣一棵樹究竟結出什麼果？於是撿了一顆，使盡力氣想掰開它。沒辦法，太硬太堅固了。

這「做壞事」的畫面，被兩張照片留了下來。人與樹，人與樹子。照片最大的意義不是好奇可以留痕，而是揭露了連我自己都沒發現的，我跟樹的微妙關係。

最奇特的是黑森林。從上山纜車俯瞰，墨綠的松林那麼高聳，那麼清冷。人只能低頭向歲月向古老的樹林致敬。春天已到，松葉頂端猶盛著未融的殘雪，柏樹卻迫不及待長出稚嫩的黃綠，然而那小小的點綴，畢竟化不開黑森林的墨色。

下了纜車入山，山中已起霧。微雨的山上寒氣透骨，隨處可見苔蘚，滿山遍野遊走的霧，幾乎是沿著上山的路流下來的，一波一波，濕了的頭髮冷冷地貼到臉頰。行走在霧氣縹緲的山林中，整個人變得跟苔蘚一樣低跟枯葉一樣沉默。那些深濃厚實的綠沉沉地彷彿有重量，走著走著，巨大的壓迫感從四面八方包圍過來。

何況空無一人的山，沒有鳥鳴沒有風動，除了霧，一切都是靜止的。龐大的寂靜有種懾人的氣勢。從前我常在熱帶的樹林裡行走，熱林子蒸騰鼓噪，野草野蕨在生長，蟲在土地裡孵化，從不停歇的蟲聲鳥鳴，偶有溪水歡快的流，水牛在洗澡。溫帶的樹林卻嚴肅深沉。冷的地方總是適合省視內心，思考形而上存在的吧？長長的冬天，德國哲學史上長長一串擲地有聲的哲學家。那僑人的哲學厚度和深度，也跟黑森林一樣讓人沉默。

樹沉默的看我。我也沉默的回看自己。一個離家多年，好不容易有了家，卻又老是渴望離家的人類，像長了根還想四處行走的樹一樣令人難以理解。我也難以想像，如果一輩子杵在同一個地方……

如果不是離家，我是指中壢的家，黑森林給我的提問，全都將埋沒在日常生活的瑣碎裡，隨著如水的時間流走。如今這些問號像那棵倔強的小構樹，怎麼砍怎麼剪都處理不掉，我只好帶著問號，每天看樹。

樹什麼都沒說。

然而我很確定，有樹就有鳥，還有松鼠，以及蟬。雖然我從沒喜歡過蟬。新村時期在柴房裡捉過，用線繫在人參果樹上，聽牠們絕望的怒號。油棕園裡沒有蟬，我對蟬聲沒有免疫力特別沒轍，樹又那麼近。太吵了，我常對牠們說，饒了我吧。

蟬跟鳥們一樣喜歡構樹和野桑椹，夏天從清晨五點吵到入夜，七點多天都黑了還不肯放過我。有時快十點社區都睡了，竟然還有稀落的蟬聲，一度我還以為是幻覺。盛夏倚窗看樹時，蟬東一隻西一隻黏在樹枝上，不必多，只要三、四隻，巨大的聲浪便足以將我吞沒。

這是油棕園記憶沒有行旅沒有屬於我家的夏之聲。

油棕園太遠，行旅中的相遇是偶然，我終究要回家。每天看樹讓我安穩，彷彿腳下生根，有了重生的力量。或許，當一株移植的樹，帶著原生土地的記憶和祝福，接受新土地的滋養。如果，蟬可以不那麼吵，就更好了。

定稿於二〇一四年七月

十點二在野桑椹樹下。（林錫銘／攝影）

每天都有二十幾隻綠繡眼來三樓陽臺的花盆洗澡。

麻雀樹，與夢

夜裡醒來，彷彿聽到鳥叫。凝神一聽，又沒了。鳥不會失眠，不會半夜起床，是我睡得淺，老疑心天快亮，才會一醒就幻聽。社區的麻雀愈來愈多，牠們話多又長氣，特別喜歡呼朋引伴，一隻抵得上十隻叫聲秀氣的綠繡眼，一整天聽下來，日日月月聽下來，牠們的聲音住進我耳膜，就在耳裡形成自動播放的背景音，沒叫也像在叫。

大前年的事了，社區入門口那四棵高及二樓的棕櫚還健在時，麻雀分批夜宿棕櫚和小葉欖仁。棕櫚最後被鋸了，只剩樹墩。失去樹和樹影的掩映，紅磚牆在陽光下亮得刺眼，樹墩的年輪對著藍天無語。

好端端的幹麼鋸樹？

問了幾個鄰居，說是隔幾間的鄰居嫌麻雀吵，推說棕櫚的根會破壞地基，逮到機會便把樹殺了。這是個藉口。真正的禍首是住在棕櫚樹上的麻雀。棕櫚是被誤殺，殃及池魚。誰教棕櫚長在他家正對面，還讓麻雀夜宿，就更該命絕。不止一次，我在四樓陽臺撞見鄰居揮著竹竿像起乩。他在打空氣嗎？起初我總像撞見別人的隱私般心虛立刻縮回屋裡，彷彿我該為那意外負責。次數多了，終於忍不住好奇。

趕麻雀，他說，麻雀很吵。啊？我一下沒辭。原來天籟也有被嫌的時候，跟雨聲太大風聲太猛，或者雞啼太早擾人清夢的理由一樣。麻雀在入夜前返回樹梢，一隻麻雀的話就夠多了，超過五十隻以上的麻雀此起彼落的發聲，那分貝，或許真是接近噪音了。

但是揮竿老兄未免太歇斯底里。他的竹竿對準自家陽臺上方，趕的是盤旋的黑蚊吧怎麼趕得了麻雀？何況，不也就黃昏前的短暫時光，上了陽臺不看天光雲影，卻獨獨對麻雀抓狂？連我家小傢伙上了陽臺都會賞花賞鳥賞蝙蝠，聞一聞晚風捎來的神祕訊息，觀望天空極遠處準備降落或剛起飛的飛機。貓都懂得往好處看哪。我始終覺得麻雀和棕櫚都是替代品，真正的禍首，恐怕是他心裡那隻讓他什麼都看不順眼的魔。他該殺的是自己的心魔，不是無辜的棕櫚。

何況是黃昏。一天的結束，夜的開始，身心鬆軟的時刻。回到自己的窩，做飯打掃睡小覺，散步拔草看夕陽。或者什麼都不做，在沙發上賴著。夜晚之前，那麼一段短暫模糊的時間，適合做些不花腦力的事。當然，最好不做事，等著雀鳥叫來夜色。

鍾太太最常在這時間按門鈴，送來自己種的，或是親人種的菜，偶爾也有朋友做的饅頭包子之類。一年四季她總是季季有餘，產季到了什麼都過量，我要少一些還會挨罵，不要就更不得了。她常常讓我想起祖母。客家女人。黑皮膚。成天在勞動，好像腳底上了陀螺。我高她半個頭，可是她天生勞作的骨架竟比我寬大，只是沒肉，風鼓起她寬大的衣衫，像掛在架子上行走。我祖母夠固執了，跟她比，還得甘拜下風。這女人可硬頸的，大小病都撐著，什麼痛都能忍。牙痛痛上七天，胃痛個把月。有一回腳板腫成兩個大，就乾脆不出門。我從中醫那兒領來藥布紗巾裹腳帶上門。從落地窗看見她靠在沙發打毛線，筆電開著，電視新聞播著。一心三用，大概在分散腳的痛感。隔天再去，一夜消腫。新鮮草藥效果好，第二片她二話不說就收了。

我也是客家女人，有得拚的。

有時我在樓上，她按完門鈴把東西放門口，用手機吩咐，門口有東西記得下來拿。不廢話，說完收線，也不留時間給我問那東西是什麼。我從三樓陽臺拋下謝謝，揣著問號下樓，反正是禮物，別囉唆，收便是。一樓的燈如果亮著，她會進來閒聊。黃昏小覺睡過，偶爾也一起在中庭散散步。她是包打聽，社區的大件事問她，蠅頭事也問她，即便不問，她也會翻出幾筆瑣碎新聞，陳年舊事。那一家啊，她指著長滿雜草的院子，兒子半夜離家，他媽還怪警衛放他出門。這媽有理嗎？什麼時候啊？怕有幾個月囉。

那時，垃圾車的聲音遠遠近近，雀鳥的黃昏大合唱正興頭。我從不覺得麻雀吵，頂多，算是聒噪吧。聒噪淘氣些，吵可不是個好詞。砍掉棕櫚，麻雀也不抗爭，認命的投靠六棵小葉欖仁。社區是鳥類的大遊樂場，依體型分，有大的鴿子斑鳩喜鵲，中的八哥白頭翁，或者小的綠繡眼，可聽可看的真多，常常讓我分心。小葉欖仁是交誼廳，要說吵，我家大概是全社區最吵的。

麻雀最愛講話，從日出講到日落講個不停。老實說，牠們真是比社區愛聊天的太太們長舌。都聊些什麼呢能那麼起勁？麻雀如果有生命哲學，大概是「活著，就是要講」吧，連飛行時也能喳喳喳。我家剛好正對四棵小葉欖仁，麻雀的私語成了我的耳語成了幻聽。還好我聽不懂，牠們講牠們的，我做我的睡我的。聽懂了我就沒辦法在這兒住下去了，成天聽鳥的流言，我還能過人的日子嗎？

鳥族醒得早，隨著天光和季節調整作息。春末夏初時，清晨四點多五點吧，鳥聲開始起落，這起床號隔了個中庭倒像音量恰如其分的時鐘，報時的聲音不遠不近，一聽心裡有譜，喔，天色快亮了。

去年春天，從怡保回來隔天清晨，我到三樓灑水，咦，有什麼不太對？磚牆。眼前這磚牆怎麼特別顯眼？停了幾秒，突然醒過來，喔，小葉欖仁。小葉欖仁被腰斬了。四樓高的大樹剩不到兩樓，樹幹筆直朝天，無枝無葉，紅牆因此在天光中顯得特別醒目。受傷的殘樹木訥訥地，有苦說不出。麻雀失去了棲息之地，我的視覺彷彿也頓失依靠。不論從哪一樓望出去，都覺得很空洞，一如我的心情。

怎麼老是拿樹開刀？

我不忍心說它們醜，一照面，卻仍然無法遏止這樹好醜的直覺。好歹給樹留點枝吧？都把樹砍成沒樹的樣子了。沒有枝椏，麻雀要住哪？冬天牠們住屋簷，整個

在二樓陽臺躲雨的幼雀。

翅膀收不全攏的小麻雀在吉野櫻。

社區凡有瓦片之處，都有牠們的巢。夏天就不行了，牠們得在樹上掛單。

每天望著光禿禿的小葉欖仁發呆。八重櫻一如往常，稀落開過便冒綠葉，交差似的，好像長葉子才是它的正事。大概小名取壞了，我們都叫它小櫻。叫久了連開個花也小家子氣。吉野櫻倒是滿樹燦爛。大櫻名字取得好，花開得爭氣，葉子也長得氣派。

幾番風雨花開花落，大小櫻什麼時候綠葉成蔭了竟沒察覺。人回來了，心還掛著母親。離家二十幾年，第一次清明節返馬，不是掃墓或祭祖，而是憂心母親有什麼閃失。手術後剩下一個不會走不能講話的母親，這半條命可不能再丟了。清明節是大節日，我擔心她熬不過，步步為營，提防死神再下手，回去守著。然而，五天後，在返臺的飛機上，我決定放手。母親用各種方式告訴我，她得走了。

回來後便看見被腰斬的小葉欖仁。

有一天我在二樓整理舊衣物，突然發現，吉野櫻的枝葉在二樓窗戶外搖曳，社區中庭，社區外的竹叢，遠處的大樓，以及更遠處的天空雲影，被它茂密的枝葉掃呀掃。搬進社區隔年種的，十年花樹竟然高及三樓，成了社區最有氣勢的大樹。

樹在搖曳，風在葉與葉，枝與枝之間的舞動千變萬化，我看得入神，發起呆來了，滿腦子母親有苦說不出的表情，像那些遭橫禍的樹。

看樹跟發呆，就成了母親過世前過世後，我最常做的事。

發呆時多半也在看樹看麻雀，腦子千百種念頭和想法在轉。這世界仍然正常運作，我的卻有一個角落開始塌陷了。常常我在二樓陽臺站著。鍾太太坐門口整理成堆的菜，有時她會來喊我去選，或者就乾脆用報紙包好，整大個塑膠袋拎著，面無表情朝著我家走來。不到六十，她已背微駝，走路有點老人樣了。

等我再次從怡保回來，八重櫻和吉野櫻的綠蔭愈濃，小葉欖仁掙扎著從腰斬之處冒出新枝。大別母親之後，這世界彷彿失去重力，走起路來腳底沒辦法著地似的，跟鍾太太被地心引力拖著走不動的樣子，全然相反。母親一放手，我成了斷線風箏在空中飄浮遊蕩，不知什麼時候能夠降落，落點又該在哪。

就看樹。看樹枝樹葉，也看看不見的根。有根多好啊。

一天黃昏在社區散步，忽然發現燈光下的吉野櫻長滿一粒一粒的什麼，走近一看，喔，麻雀。

吉野櫻長了一樹麻雀。

不只開花散葉長櫻花果，夜裡，這樹還長得出麻雀，隔天太陽出來，像霧水一樣消散無痕，枝歸枝，葉歸葉，讓人懷疑昨夜的麻雀樹是個夢。真希望半夜幫母親穿殮服的場景也是個夢，日出之後，還能打電話叫媽。

麻雀樹之夢竟然持續了一個多月。如果真是夢，這夢也太長了些。四月底到六月初，我夜夜倚在二樓的窗口，簡直看痴了。這樹，怕長了上百隻麻雀吧？

難怪近黃昏時叫得特別起勁，原來麻雀變成吉野櫻的住戶了。這些麻雀，嘖嘖嘖。等垃圾車的鄰居說，我們早就發現了。隔壁的太太說，我一大早就被鳥吵醒了。她睡三樓開落地窗，正對我家吉野櫻。很好，那就早睡早起吧，反正晚睡也得早起。吉野櫻開花時，她家視野最好，窗口一站，整株花樹入眼。她家春天，是社區最美的春天。吉野櫻給了美的，也給了吵的，這很公平。人生嘛。

最吵的不是早上，而是黃昏。

麻雀占位子時總是三心兩意。上下左右東挑西選，位子換了又換，有時七八次了還無法定位。挑位子時碎碎唸，搶位打架時更不得了，又氣又急像開罵，懂鳥語恐怕會發瘋。小傢伙可不這麼想，麻雀一來牠總是很激動，發出一長串頻率奇怪的類鳥叫節奏。我學法語，貓學鳥語。牠學成我的生活可要大亂了。

麻雀一安靜，夜，便真正來了。

白天的麻雀很神經質，一點聲光都讓牠們起疑。夜宿的麻雀神經大條，或許因著夜色的掩護，對人類完全無動於衷。從前牠們住小葉欖仁時，只聞聲不見鳥，小葉太高了，樹葉又密。如今牠們在昏黃的燈光下現形，鄰居紛紛跑來觀賞「睡覺的麻雀」，指指點點，不停說，好可愛好可愛。

麻雀把頭埋胸口睡得圓滾滾，那麼安詳，那麼自在，如果真是夢，也是讓人微笑的溫暖美夢。或者，借用鄰居的措辭，好可愛的夢。

麻雀不只可愛，還很聰明。牠們千挑萬選的好位子，都在吉野櫻中段的葉子底下，下雨時，層層天然屏障幫牠們擋雨。我從二樓看出去，夜雨中的麻雀動也不動，雨從牠們頭上的綠傘滴落，順勢往下滑。

幹麼擔心麻雀淋雨？牠們比我睡得還沉哪。

夜雨麻雀。我把大發現告訴鍾太太，順便問，奇怪麻雀怎麼不住這棵？我指著茂密的八重櫻，它的花期比吉野櫻早一個月，綠葉擠挨著，像把大綠傘。那樹枝是斜的，爪子不好抓。哪，看到沒有，這斜斜的怎麼睡？八重櫻的枝椏果然呈傘骨的放射狀。妳當過麻雀啊？我轉過頭。也可能八重櫻只有一層樓高，麻雀沒安全感？

她對麻雀沒興趣，反問，妳媽過世啦？妳都沒有跟我講。彷彿忍了很久，一臉嚴肅。講了我媽也不會活過來，我笑。她卻笑不出來。

麻雀叫聲淹沒整個社區，牠們又在搶位子了。她說，很多年前見過我母親一次。剛搬來的第一年，父母親跟團來臺灣玩，在女兒買下的房子裡，沉沉地睡了一晚。大概，也在社區散步過吧。那時，吉野櫻還沒來，社區才住進七、八戶。

母親應該無法想像十年之後，這綠葉成蔭的庭院，滿樹的麻雀。她聽過鍾太太，是越洋電話裡最常提到的鄰居。同樣客家人，老是送菜給我。逢過年還特地燉一大鍋肥滋滋的三層肉送來，屋簷下的兩個人天天吃，吃到年假放完，冷凍庫還有存糧。買點東西給人家。每回母親都這樣叮囑。

入夏之後，麻雀回到開枝散葉的小葉欖仁。麻雀樹，就更像夢了，跟母親離世一樣。

有一天在三樓灑水，側身，卻見葫蘆竹停了隻麻雀。牠在看我。把手伸過去，沒想到牠竟跳上掌心，楞頭楞腦地打量我，眼神那麼單純那麼乾淨，一下看進了我的心。不知人間險惡啊，小東西。麻雀的頭好小好滑。比貓頭小多了。

牠沒走。偏著頭，還是看我。我也偏著頭，看牠。人鳥相望。那一刻，整個世界退得很遠很遠。

母親過世後，第一次，我流下眼淚。

這不是夢，我很肯定。

還是天天看樹，天天煮飯。腳底漸漸有了重量。我得回到日常生活。我家在這裡。

定稿於二〇一三年五月

跟三樓齊高的小葉欖仁，以及不速之客。

晚安，我的家

今年新年天氣好，故事多。整整七天都暖和的大太陽，天氣好成這樣，也未免太不尋常了，難怪會出事。出事歸出事，一起床看到明亮天光撲到地板和牆上，忍不住哼起俗氣的恭喜恭喜你。唱給自己聽的，從小聽到大，都唱到骨子裡，變成下意識反應了。

鄰居肯定不同意，尤其隔壁家上校。除夕中午才回金門，半夜小偷就摸進了他家。發現的人是我，初一大清早，猶豫了一會兒，最終還是去電報告，真是晦氣。當了十二年鄰居沒打過電話，第一通就是壞消息，而且，大年初一。當然說不出恭喜了。想想看，如果我說：恭喜恭喜。你家進賊了。這是周星馳的電影對白欠扁吧。

前排一戶鄰居說，今年社區很不平靜，我睡不好，很擔心。上排牙掉了四顆，兩條眉毛沉沉的往下壓，好像他才是受災戶。最該擔心的其實是我。我們是社區人口最少坪數最大那戶，跟上校一樣是邊間，邊防最糟，有一面靠外的牆是三不管地帶，一二三樓都有窗，防範措拖沒做不說，還常常窗戶沒關就出門。旁邊是舊厝和大樹，卡拉OK打烊後，安靜的隱祕的黑多安全啊，小偷可以慢慢偷，從容的搬，隨時都可來，根本不必吃完年夜飯還要幹活。如果我們不在，應該是他們的首選目標。這區攝影機照不到警衛也巡不著，完全在社區的眼線之外，就算在中庭召開大會，小偷也能從我家潛入。

上校家可是正對警衛室，小偷行徑囂張大膽得讓人害怕。肯定觀察社區很久了。如果不偷隔壁，也偷隔壁的隔壁，總而言之，被覬覦的社區總有一戶要遭殃。

話說從頭。初一早上七點，我上三樓餵魚灑水。舞竹和炮竹花特大盆，水要多些灑得特別久。灑水時我習慣四下張望，剛甦醒的大地一派清朗，不論晴雨，天光雲影或地上人間，遠的近的，一轉眼就看了十二年，看得熟門熟戶，當年社區讀幼稚園的小孩看著看著，現在都上大學了。順時鐘水平望過去，第一幕就是上校家三樓，我們之間隔著一棵壯碩繁茂的小葉欖仁，那也是十年不變的風景。

這回可不一樣。不只落地窗沒關，紗門也拉開，窗簾邋啊邋。他們從不拉開紗門的呀，何況，不是回金門了昨天？又回來了？老實說，我腦海裡完全沒有進賊，遭小偷或闖空門的字眼。就只是畫面定格，思緒停滯。灑完水我上四樓再灑水餵魚，努力回想昨天下午在三樓陽臺清理植物時，他家三樓的模樣。

除夕好天氣，我忽然想要個清爽的陽臺過年。兩年放任的結果，茂密的植物叢林已經失控，長春藤攀向柱子，穿過木頭踏板，繞行幾盆植物四處扎根。有的長入了魚缸，從魚缸吸取了營養，再游出水面，攻佔了花架繼續蔓衍，簡直長相凶猛。竹子頂天立地了，它長到天花板，岔出小枝，轉身跨出欄杆。各式蕨類、福祿桐、變葉木都異常囂張，夏天時它們看著清涼，新年看來就很不應景。從下午到天黑，我清出一大垃圾袋清得腰背痠痛，其間目光無數次掃過上校家三樓，門是關的？應該沒錯。

從四樓再次俯看，開始覺得不太妙。左邊的太太正好出來，我問她的想法，喂，這正常嗎？下巴往右邊的上校家揚了揚。她探身出去，對耶，門開的。

唉，她應該說，不對耶，門開的。

接下來，事情便進入高速行駛的狀態，好像經過我的確認，一切都沿著進小偷的方向奔去。終於進小偷了，這社區安樂太久，忘了世上有小偷。值班的老警衛嚇壞了，他給了上校的電話，縮在警衛室沒出來過。等接班的小陳警衛一到，才突然意識到事態嚴重，兩人繞到房子後面，發現上校家二樓的後窗大開，玻璃碎裂，喔，真的進賊了。

是後面進的後面進的，不是前面。老警衛特別按門鈴報告新發現，有點語無倫次，急於撇清責任的語氣。他值大夜班時常睡覺，社區有人專門去盯梢，被警告了好幾次仍然按捺不住睡意。我的份都被他睡去了啊。

瑜伽被上校的電話和警衛的門鈴打斷數次，呼吸跟大年初一樣混亂。事後根據大家交叉比對，推論時間點大概凌晨二時以後，上校隔兩戶的親戚們熱鬧散場，魚貫步出中庭。

小偷肯定是社區安靜下來之後進門的。

那時，正好我下樓。如果上樓，也習慣性地往外張望，說不定就跟小偷打了照面。房子要大掃除，人事也要大清倉一下，盤點一年的憂歡令我難眠，又送走一年了哪。我的睡眠一向龜毛，突然升溫的冬夜不宜入睡，乾脆下樓守夜。一樓空曠又涼爽，那是我的第二臥房。睡不著就躺在沙發上看牆壁窗簾的樹影，聽著遠處起落的鞭炮聲，喝點小酒唸《心經》。我已經很會應對無眠的夜，睡不著就做點功課。

《心經》是我的催眠曲，多唸幾遍就心無罣礙，心無罣礙故無有恐怖，雜思雜念退散，一片清明。那時小偷正在上校家忙得不可開交吧，如果他們觀察過社區，五點以前必得收工走人。老警衛設的鬧鐘五點十分響，除非，他們想正面交鋒。

我們都不解，三樓沒關的落地窗和紗門，是什麼意思？

補眠醒來已正午。拉起窗簾，赫然見上校就立定我家門口，望著他家三樓入神，行李丟在我家櫻花樹下斜躺著。一接到電話就去機場補位就補上了，上校說。他看來很冷靜，還不忘道謝。我們無言，誰喜歡收到這種道謝呢？

一樓被反鎖，此刻他們一家就在中庭等鎖匠和警察。太陽白花花落在上校太太身上臉上，她一身新衣裳，看來很疲憊。我覺得抱歉，好像他家進賊了我也有責任。如果警覺性高一點就好了。如果，唉，哪來那麼多如果呢？早知如此，就勸他們別回金門了，如果。

發生這種事一定有餘波。

整個新年都被小偷淪陷了。一連幾天，幾位常進出上校家的鄰居都在他們家門口擺龍門陣，那位置，就我們兩家之間。一張矮茶几，幾把椅子，自備茶杯，茶啊零食啊就在我們吉野櫻下邊吃喝邊聊，陽光明媚的下午，這下午茶的畫面可真悠鬧。後來我還聽說，有幾戶晚上在某戶繼續未完的談興，聊到凌晨兩三點。小偷大概沒料到，他們給社區注入多大的活力。有時在二樓，在開向中庭的窗口聽到他們零星而熱烈的討論。除了極少數的建設性意見，大多是假設與推論。

誰都清楚，這種小案子不可能破案。幾瓶老酒，一點現金，所有的損失加起來不超過十萬。精神上的震撼和驚嚇才是無價的損失。從一樓到三樓犁過的混亂現場，所有打開的抽屜、櫃子和衣櫥，扔得到處都是的雜誌紙張衣服和物件。翻箱倒篋嘛，偷竊現場不就這樣？可是，泥巴腳印蹂躪過的床單就很惡質了。菜刀水果刀分別散置大門邊，酒櫃上，沙發椅，餐桌和上門的樓梯腳，隨手可及的明顯角落，意圖很明顯，如果有人進來，他們準備出人命。上校家有七把刀。七把刀出現在不該出現的地方，應該很嚇人吧？

沒事別多買刀，刀也別磨利，傷人傷己。這是我做菜多年來的經驗，用利刃的結果第一個遭殃的是自己的手指。

警察看完現場說，慣竊啊。沒有留下任何指紋和鞋印，全程帶手套，穿襪子。那意思是，破案？別想了。唯一的價值是茶餘飯後。上校和太太不知道跟不同的鄰居重複過多少次細節，細節的細節，鄰居也榨乾了意見和想法。幾天後，上校隔壁那戶從南部回來，很肯定的對敞開的三樓作出結論：小偷想從三樓爬進他們家，兩戶的三樓距離最近最安全，落地窗從底下一托就開了。幸好沒偷成，他們很慶幸，也很擔心。

每一戶都擔心成為下一個目標。初八出遠門兩周，最該憂心的是我們。警察說了，有一就有二，請加強防範。意思是，再發生，你們自己要負責。社區委員會在我們出國前召開幾次會議，更換失職的警衛，加裝攝影機在幾個可能入賊的角落，包括我們的三不管地帶。

這些都救不了近火。出國前，我們把鑰匙託鄰居，請她早晚來巡視，順便探望小傢伙。我們家最無價的就屬菩薩和貓。菩薩如果要跟賊走，攔也攔不住；至於冒生命危險偷貓的人，肯定會比我們對牠好。一時釋懷，防範措施便不想做了。老爺可不這麼想，大年初五找來老闆量好尺寸，決定把可能漏洞補強，兩扇窗戶改裝雷明盾玻璃和安全鎖，等我們回來隔天就施工。老闆是我們的舊識，老實人，姓巫。做事一板一眼，細心得很，實在太辜負他的好姓。我不相信高價等同高安全性，可是，如果花錢可以買安心，那就買吧。

整個社區都啟動了防範機制。規模之大，遠遠超乎我的想像。

懷第一胎的小米每天都來二樓陽臺吃飯。

小傢伙出生在二樓陽臺，是小米的第一胎。

遠行回來，上校家已經完成武裝。陸續有幾家改窗戶改裝鐵窗，鐵花大扇架在四樓的落地窗外，像坐牢，奇醜無比。每回我看到工人進出社區，吊車和機械在我家盛開的吉野櫻邊擾攘，總是想，也許小偷曾經回來觀察他的惡作劇成果，抽著菸在暗處發出嘲諷的笑。最開心的是老闆，好像是上校的朋友，一次接了幾單不小的生意，小偷財發得光明正大。

裝了新窗戶，出遠門時，哪怕是半天，都要把安全鎖拉上。睡前尤其不能忘記。每晚我重複這個動作，像跟房子說晚安。晚安啊，我把安全鎖拉上了，你很安全。我覺得小偷根本在懲罰我。太荒謬了。

小偷並不可怕，然而那隨伺的陰影，是恐懼的替代品，象徵物，住在我們的心中。

定稿於二〇一四年三月

夏的序幕

我喜歡端午節。來臺灣讀書後，發現端午竟然放假。專門放假吃粽子？太好了。就更別說教書之後。端午來了，暑假還會遠嗎？

端午起了頭，比馬來西亞更悶熱更明亮的夏季來臨，日子一天天熱下去，再沒有突然起伏的溫度。一大早，陽光已經把東面的側牆熱透，玻璃發燙。陽光從紗窗照過來，連地上的踩腳布也烘熱了。清晨七點而已啊，如此熱力四射，讓人忍不住求饒，喔，大熱天呀。同時間的赤道是涼爽的，露水尚未蒸發，天也未全光。住油棕園時，這時間騎車甚至會打冷顫。

夏日一露臉的太陽等於赤道十一二點的威力，每天很熱很熱說上很多遍，還是無助於解熱。很熱成了端午之後的口頭禪。在馬來西亞我們也常說很熱，但沒有冬夏對比，說完也就過了，明天後天大後天還是一樣熱。臺灣的很熱之後，會有微涼的初秋，迷人的透著寒意的深秋。浪漫的季節。等寒流來時，我們要換個口頭禪，很冷。很冷很冷的叫膩之後，很熱就會來了。

蟬聲就是這麼被叫來的。蟬聲一叫，夏天就到了。

一切都要等到吃完粽子，冬衣可以放心送洗，黏膩的日子終於來臨。在中原夜市閒逛，西瓜汁的甜味黏著鼻尖，野薑花現身花店。我的夏天記憶從師大路開始，從西瓜和野薑花開始。西瓜的甜味很膩，老讓我想起蒼蠅繞著攤子飛舞的場景。臺灣的西瓜汁攤只引來蒼蠅，居鑾的羅漢果冰水攤，蒼蠅之外，還有蜜蜂。買冰水的女生大喊，啊，蜜蜂，後退一大步，一邊驚慌往錢包掏錢。冰水太甜了，難怪祖母都把買冰水說成買糖水。蜜蜂嗡嗡嗡亂飛，小販應該豎起警示牌，慎防螫傷。我曾問一起買冰水的同學，如果喝了幾口，發現糖水有蜜蜂，怎麼辦？她想都不想，說，撈掉牠，照喝。

第一次發現端午節放假，覺得很稀罕。我寫信回家報告，臺灣的五月節是假期呀。

我們都叫端午五月節，中秋呢就是八月節。妹妹們羨慕極了，放假吃粽子，有這種事？在我們家，過端午等同吃粽子，每個人都期待這節日更甚於新年。這是放縱腸胃的日子，我們得到默許，裹好粽子那兩天可以不吃飯，吃上幾頓奢侈的粽子，讓我們暫時遺忘生活的困乏。

母親裹的粽子太誘人，最令人難以抵抗的是那兩片五香粉醃透的五花肉，潤得糯米肥香黏滑，忍不住連吃三四天。後來就心虛了。趁母親在忙，小心剪下懸在廚房吊勾上的肉粽，輕聲蓋鍋蓋，大火快蒸。端午把我們的饞全勾出來，明知奢侈的額度有限，還是要偷偷摸摸吃。

也一定會被發現。再吃再吃，明年不裹了。母親光火時，最常這麼說。做工費時又費事的兩三百顆粽子一下見底，見證了我們青春期的可怕胃口。女生這麼能吃，母親不知是心疼還是心酸。我們都知道恐嚇半真半假，她比我們還愛吃，明年五月一到，肯定手癢。

端午之後準備考試，暑假放三個月不上課。我又寫道。她們更羨慕了，在臺灣讀書真好，假期那麼長，五月節放假八月節也放假。

羨慕什麼？沒有母親的粽子，這五月節不就是個空殼？

雖然如此，我還是喜歡端午。端午是夏的序幕，我熟悉的熱帶氣息來了。我喜歡瓜，夏天是瓜的季節。除了南瓜，一切性涼的瓜我都極愛，端午之後，西瓜苦瓜冬瓜絲瓜瓠瓜，夏日餐桌上，餐餐有瓜，吃到最後我總是亂想，為什麼馬來西亞人要把「你這個人」說成「你這個瓜」？

熱的黏的火辣的暴烈的，火力十足。汗水和雨水，痛快淋漓的，還有我最喜歡的午後雷陣雨，常常烏雲來了，我便期待閃電打雷，閃電在天邊飆出樹枝的形狀，雷緊接著凶猛地轟炸，像夏天釋放儲備許久的能量。多麼熟悉。端午的熱讓島與半島的時空有了重疊，也有了銜接。

我就沒辦法喜歡新年。

臺灣的年不只濕冷過年的氣氛也冷，赤道的年是一年中熱的極點，跟新年一樣熱烘烘。從來沒弄懂，為什麼華人新年時天氣特別熱，簡直快燃燒了。學生時代，臺北的年空而冷，無車無人，整棟宿舍安靜極了，走路時清楚聽到走廊那頭傳來腳步的回音。中秋呢，什麼時候開始，整個臺灣島被燒烤著，舉頭望明月，低頭看烤物。向來厭惡燒烤味，這時逃無可逃，好像自己是島上的外星人，關窗關門，只能隔著玻璃看月亮，可惜了，這月亮。誰有心思欣賞它的清輝？我對月餅沒興趣，這時候寧願來場大雨，空氣還乾淨些。月亮啊，下個月或下下個月再欣賞就有了，七月十五的也一樣圓。

本來中秋就屬於小孩，我不愛月餅，對每個月都出現的圓月也沒什麼特別感覺。

半島北部的中秋提燈籠玩蠟燭，吃豬仔餅。一種無餡月餅，褐色餅皮做成豬仔狀，餅皮當然拌了豬油，豬仔烤得油滋滋的，是名副其實的肥豬，套在塑膠豬籠裡，很逗趣。說不上好吃，騙騙小孩可以，絕對沒有豆沙或蓮蓉誘人，當然更比不上單黃或雙黃了。搬到南馬之後，它跟我的童年一起消失了，南馬不吃豬仔餅，那是以廣東人為主的北馬特產。

豬仔餅的記憶鬼影幢幢。遊街時，我們一手提燈籠，一手提豬籠，八月十五月圓之夜，難得晚上可以出門的小孩都很興奮，你一言我一語便湊起鬼故事來了。好兄弟們大概都誤以為那枚圓月是七月十五，鬼故事開講沒多久，便有大片大片的雲從八方快速聚攏，一時好像每隻豬仔都跟著鬼，每個搖晃的燈籠都藏著可疑的暗手。

這刺激好玩的中秋似乎很不正統，多年來不斷被臺灣的朋友質疑，元宵才提燈籠，搞錯了吧？即使錯也要錯到底，哪個半島長大的華人小孩中秋不提燈籠？光吃月餅的中秋多無趣啊。那中秋烤肉正統嗎？我反問。朋友說，大家都烤，有小孩的家庭更不能不烤啊。

越南學生有一回問我，臺灣的中秋節不提燈籠？奇怪。果然是東南亞同鄉，心有戚戚焉。結論是，提燈籠是南蠻之地特產。

可是端午到了，南蠻不南蠻都要吃粽子。南蠻不南蠻之地都很熱。

粽子很好，很熱不好。夏天陽光凶猛，簡直會咬人，別說長久曝曬，半小時皮膚便灼熱發痛，最糟的是，溫度一年比一年高，跟臺灣什麼都往下跌往壞處走的感覺成反比。

有一天臺北近三十九度，最熱的那個時段我正好走在和平東路上，熱氣四面八方湧來，柏油路的熱從腳底竄升，我想起烤乳豬烤肉乾，覺得自己就在架上，也快熟了。回來看電視，才發現這天的高溫破歷史紀錄，而我走在那歷史裡。

端午一過，身體進入備戰。精神也是。熱，我可以忍受。但是最怕颱風，每次颱風來都讓我睡不安穩，三面受風的房子如風箱，看不見的怪手拍打著落地玻璃，搖晃整個家。睡到半夜我總要起床，神經質的視察每一層樓的陽臺是否排水順暢。意志力再薄弱些再老一點，我可能禁不起這種驚嚇了。赤道的熱比起來安穩多了，最大的天然災害，是印尼飄過來的霾害。也很要命就是。

這個島一住二十四年，沒有母親粽子的端午早已過成習慣，從前我習慣端午前打電話給母親，一邊想像母親準備餡料，用她被類風濕性關節炎扭曲的手裹粽子。母親總會說，誰誰誰要專門從吉隆坡回來拿，她早已買好多少粽葉，多少糯米、五花肉、米豆、綠豆片、香菇、蝦米、栗子以及紅蔥頭等。為了母親別無分店的粽子，總有志願軍專程來回。四百公里？小意思。沒回來的，也要託回來的帶幾串走。數量都指定好的，母親的粽子太搶手，沒預訂就等明年吧。五個妹妹一個弟弟，六個家庭，這數量，我一聽就沉不住氣。你手痛哪裡包得了那麼多？有冇搞錯？吃定你啊。母親即使不帶助聽器，隔著一個南中國海，也聽得出我高分貝裡的火氣。

可是母親真不是蓋的，立刻說，誰誰誰要回來幫忙，還有怡珊啊。裹多少算多少囉，我手痛就不做了，你說是不是？畢竟是七個小孩的母親，誰都不袒護誰也不得罪，這讓我想到祖母。過了某個年紀，又活在大家族的女人，多半都懂這點高明的說話藝術，利人利己兼家和，懂得給自己也給別人臺階下。不懂的，多半個性難搞，晚年寂寞，身邊肯定沒有撒嬌的子孫圍繞。祖母和母親這兩個女人早些年一直處不好，一個全瞎一個半聾，等母親當了祖母之後，身段柔軟，發揮了打理人情的

EQ，高手過招，兩個女人維持了表面的和平。放下身段是天分，我肯定學不來。好在老來無須理會複雜的家族人事，跟貓狗麻雀相處單純多了。

不管那誰誰誰是真是假，掛了母親的電話，還是去電盯人。我是老大，老大別的福利沒有，說話總是比較大聲。那誰誰誰，通常是老二和小妹，有時是小弟，每到端午倍思親，不，倍思母親的粽子，年年回去。

妹妹還說，母親有事做，開心得很。聽起來是這樣。煮飯做家事裹粽子，那讓母親覺得自己「有用」，她跟我一樣，閒不下來也受不了別人的伺候，都是勞碌命。從前我是她的得力助手，洗粽葉炒食材，母親吩咐我做什麼就做什麼。最討厭切紅蔥頭，最後總是熏得淚流滿面。新村時期，五六歲左右，我跟著母親到膠林去撿柴。整大捆就綁在腳踏車載回來，我坐車尾去走路回。去膠林常被蚊子叮得滿身滿臉，癢得想打人。木柴煮的粽子比較好吃。母親對粽子有著非常固執的堅持。後來，母親不知怎麼投降了，改用瓦斯用電鍋。最後的底限她沒讓步，無論如何我們怎麼手癢，她就是不讓我們裹粽子。所有的前置作業都可以交給別人，獨有把粽子變出來這件事，她得親自上陣。她的粽子要比拳頭小一點，小個頭要納入近十種材料，什麼先放什麼後，順序一樣都不能錯。繩子太鬆太緊都不行，她無法忍受粽子散開或裂縫。

我們只好負責吃。

母親跟老五怡珊住，她屬虎，我們都叫她山老虎。山老虎從小膽大貪吃，半夜偷撿印度鄰居的榴槤，打過占校車位子的印度太妹。生了三個兒子，在吃這件民生大事上得母真傳，兄弟組成拚命三郎。偏偏山老虎廚藝普通。母親常說，都不知要煮什麼餵三隻老虎仔。老虎仔吃起粽子可開心的，好像餓了很久。母親養過七個小孩，竟然形容老虎仔的食量嚇人。

多次目睹他們的吃相，母親一點都沒誇張。

母親端午前一個月過世，我似乎聽到她呼了一口大氣，說，忙了一輩子，終於可以好好休息了。

離開家後，我再沒吃過滿意的粽子。只有失望，心裡總是嘀咕，沒得比啊。實在太想念那滋味，今年動念，不如自己裹？打電話問，誰會裹粽子。小妹說，不知道。大妹說，吃就會。連最有家庭主婦性格的老三也不懂。我揣摩許久，不同的作料有不同的作法，從採買到洗切浸泡醃，可真煩瑣細碎多工。尤其裹，那訣竅我一點都不懂，完全沒把握。忽然很好奇，幾十年來重複這種滿足眾人口腹之慾的勞作，忍著手痛背痛，我很想問母親，這神力從哪兒來？

當然是問不到了。母親若還在，一定說，你們要吃囉。她的回答向來直指核心，乾淨俐落。至於我的粽子，想也知道，當然沒裹成，光想那些工序就頭痛，試也不想試。

母親的端午就是吃粽子，她不拜神，也沒祭祖。至於沒粽子可吃的我，上午要拜土地公，下午三點以後拜地基祖。門口要掛菖蒲，還要洗藥草浴，忙進忙出。只讀到小學三年級的母親看來還比我現代一些，實際一點。我的端午像是鄉下人，或者民智未開的老百姓過的。我很難跟母親解釋，過五月節，「教授」跟諸多善男信女一樣要拜神。她肯定會跳起來，你是教授你信這個？我一定回嘴，教授也要上廁所吃飯，拜神不行嗎？講到拜神就沒完沒了，馬上又衍生出怎麼拜，為什麼，拜了怎樣不拜又怎樣。還有，還有解釋名詞。土地公，馬來西亞人叫大伯公或者拿督公，地基祖叫地神。越講越遠，唉，算了算了，不提也罷。

每次打電話回去，都是門口拜地基祖等香燒完的空檔。母親的聲音很遠也很近，就像我，離從前很遠，好像也很近。時間失去丈量的意義，就沒有意義了。下午三四點鐘，會燒人的陽光讓我想起半島，伴著窒息的無所遁逃的感覺。這種大太陽的天氣奇怪給人絕望之感，汗流不完，累過頭就覺得心臟沒力，要過個愉快的夏天真是艱苦。農曆五月又稱毒月或惡月，一點都沒錯。我既熟悉這熱，也厭惡似乎沒盡頭的熱，以及黏。不論是觸感或人際關係，我最受不了這種不乾脆。

最好的家人關係，大概是不黏。相見不如懷念，說不定跟情人也是。一年見三次不錯，跟拜拜一樣。

土地公地基祖就一年拜三次。端午節見了面，左鄰右舍問，拜了土地公沒有？我們住同一鄰里，拜的土地公廟卻不同。有人說我們歸哪條路的土地公管，有人反對，說，拜錯了，是哪條街那座廟才是。方圓一里之內，有四座土地公廟，太多了吧？聽說桃園的土地公是全臺之冠，這很可能。即使在土地飆漲熱鬧的市中心，也老是遇見土地公。這條街有，轉個彎，過兩條街也有。再往前走，不用說當然有。

土地公廟大多小而美，總給人溫暖安心。當初賣房子的劉小姐指點我要拜哪個我就拜了，她說怎麼拜我也照辦。十二年過去，證明她賣了間好房子給我，她說的肯定沒錯。拜錯也無所謂，心誠就好。

香油店老闆娘另有一套，她說怎麼拜我就聽，這時候我不再像平時那麼愛「為什麼」了，等哪天改行作民俗研究再來「為什麼」吧。租房子多年，我什麼都不拜。買了房子，有點落地生根的感覺，像做夢，很怕夢醒房子消失。沒想到我還那麼老派，像祖父母那輩，房子買了就跟土地訂了契約似的。福地福人居，劉小姐說的，最好拜一拜。

就拜。拜了十幾年，一年三次，新年端午和中元。土地公很慈祥，有點老頑童樣，笑得不見牙。熏得很黑，還是笑，脾氣好的咧。拜完土地公和地基祖，覺得出入平安，事事順利。

還得掛菖蒲。菖蒲是總稱，其實是艾草菖蒲和榕葉紮成一束像長劍，兩把倒懸交叉在門口。鄰居經過指著大門，看，他們掛菖蒲，很詫異。馬來西亞來的，比我們還傳統。傳統的其實是芭蓁，她可是土生土長沒出過國的正港臺灣人。每年都是她幫我在新明市場買的。買菖蒲，也買藥草。要是她喝雄黃酒，我一定也跟進。

藥草一次買三把，我們都喜歡藥草浴，艾草芙蓉榕樹香茅菖蒲捆成一大把，二十元一捆，煮出來的浴湯芳香醒腦，連洗三天，人都變聰明，真有百毒不侵的自信。芭蓁在市場附近幫人挽臉，大清早沒客人上門，就逛市場。傳統市場最能感受時令的變化，她常感嘆，時間一年又一年，過得好快，一下又端午了，一下又過年了。我認識她時，她的小女兒還沒讀國小，現在高中了，小孩最容易讓歲月現形。

我說等我八十歲還要找她挽臉，到時皺紋一定多得要用手撥開。什麼？她停下挽臉的手，線從嘴唇滑下。八十幾還要幫你挽臉，我會這麼命苦嗎？

逛新明市場原是我的周日節目，今年端午突然想去。就去了。節日的市場氣氛特別熱絡，補買了兩把藥草。過了中午，藥草沒人要，撿了便宜。離開時，市場後面的老房子旁，幾個小孩在立蛋。咦，真的，蛋果然立起來。好預兆。果然下午鄰居送來一條肥碩的吳郭魚。山溪釣的，剛離水，要我趕快嘗鮮。

沒有粽子的端午，吃了魚。哎，看我把端午過成不臺不馬的什麼了。

洗完藥草浴，站在陽臺吹風。夏天真的來了。

定稿於二〇一三年九月

從榴槤到臭豆

先從榴槤說起。

從前，我愛極此物。只要返馬，就非吃不可，有時還算好榴槤季節回家。回家吃榴槤，多麼香甜誘人的回家理由，那屬於赤道的濃烈氣息，真有勾魂的特效。大賣場或水果攤的泰國榴槤，只是個頭大，論香氣和味道，哪裡比得上馬來西亞？驕傲的說法，馬來西亞之後空個十名，泰國榴槤啊，勉強給它排個第十一吧。我承認這說法霸道而且不可理喻，就像有人形容好吃的東西有媽媽味道，牽扯到原生情感，就別談什麼理智和道理了。

就有那麼一天，覺得榴槤味難聞。

家人吃榴槤時，我被那從小聞大的熱帶氣息趕出屋外，成了局外人。那日黃昏，天空一片熟悉的紅霞，空氣裡飄著日曬後蒸散的泥土味，草木蓊鬱的剪影，層層疊疊順著稀落的路燈蔓延開去。我站在水溝邊，有點錯愕。

忽然就不愛了，跟愛得要命一樣，沒什麼道理。詫異是有的，惋惜也是有的，倒是沒太大感慨。仔細回想，這愛與不愛之間確實有跡可循，緣盡之前，恐怕也好幾年了吧，我已經跟它關係漸漸淡了，回家吃榴槤的熱情早已變成回家吃山竹，回家吃langsat，回家吃duku，都是些味道清甜，氣味淡雅的水果，一樣產於赤道，味道卻平易近人得多。

榴槤味道太極端，半島的人愛它，必然源於一種神祕的土地呼喚。同樣成長於暴烈的赤道，在驕陽和雨水征斂下，人和物起了親蜜的化學作用。早期南來的華人都把榴槤當檢驗指標。沒辦法喜歡榴槤的，都是徹頭徹尾的唐山兄唐山婆，遲早要回中國。真能愛上這長相怪異口感黏稠味道古怪的水果，才能適應這長年大熱大雨的赤道。連我家貓狗都熱愛榴槤，牠們把榴槤核舔乾淨了，用渴望的發光眼神看人。

我只好苦笑。

日常生活太多這類被我稱為「突變」的發現，榴槤事件只是其一。太多了，還好那都是小浮沫，幻生幻滅，在流年裡打個漩渦就不見。何況，我也沒辦法再吃臭豆腐，一來一往剛好扯平。

剛到臺灣那幾年，逛夜市時確實也入鄉隨俗。聞起來臭吃到嘴裡只有脆，臭味竟消失了，還能從脆裡轉化出香，這東西可真新奇。我竟然敢試，也讓我覺得自己新奇。搬到新店後，賣臭豆腐的小發財車停樓下，臭味熏染了整條巷子，我還是逐臭的常客，拿著碗跟著社區的居民排隊。那時日子單純得近乎單調，很需要臭味的刺激。

很多年沒吃，有一天經過中原夜市，冷不防抽了一下。喔，臭豆腐，久違了。真嗆。這卡通式的反射動作讓我突然明白，當初的敢只是虛張聲勢，為了證明自己適應性強，像攀附在油棕樹上的蕨，落在哪裡哪裡長，香的能吃臭的也能，雖然那臭，在很多人嘴裡絕對是香。

這便是了。時間哪。榴槤或臭豆腐，都在時間裡證明了它的轉折和變化。從半島到島，半島的十九年和島的二十五年，我見證了十九年的重量，也看見二十五年裡的曲折。當然，不是所有的事情都是榴槤或臭豆腐，譬如洗澡。

起床第一件事，刷牙洗澡。早上洗澡好像是初中時養成的習慣。洗冷水。油棕園的水特別冷冽，尤其經過石池子一夜儲放，冰涼醒腦。第一瓢絕對渾身打顫，咬牙第二第三瓢狠狠淋下，睡意立刻全消，氧氣上腦。洗澡洗去昨夜殘夢，帶一身清爽的香皂味開始精神的一天。

這習慣到了師大女一舍，就成了折磨。熱水從下午五點開始供應，有時不到十點就用完。早上洗熱水澡？想得美。

沒洗澡，精神塌軟下去，身體上了漿糊般很不清爽。全新的生活讓我整個人繃得很緊。課排得那麼滿，一百五十八學分畢業，加上零學分，一學分，甚至一點五學分的課，實際學分遠遠超過一百五十八。不蹺課怎麼過日子？對教學根本無用的教育學分，有上跟沒上差不多。至於早上八點的課，是對老師的試煉。有些可上，有些可不上。有些不上覺得對不起好人老師，雖然自己念，在時間上肯定划算。老是要跟時間計較，大學生活因此過得分外緊張。

國文系女生多，來自臺大清大以各種名目的聯誼活動也多，目的呢，只有一個。去過一次，叫寢室聯誼。室友說對方四人，我們也要出四個人，扣掉兩個已經死會的室友，我非去不可。就去了。也好，從此再也不想浪費青春。家裡沒給我什麼錢，公費不夠用，我得努力省錢，每天想兼差。

大學生活沒有想像中的浪漫，留臺的中學老師把他們的大學生活過分美化，或者，過分簡化了吧？郊遊玩耍談戀愛，沒錢時就家教一下。有一位老師說，他每天起床，先把腳伸出棉被試溫度，太冷就不去上課。很嬉皮灑脫，說這事時還難得的笑了。平時他眉頭深鎖，被獨中沉重的教學壓力和苛刻的薪水壓榨得提早老化。對比之下，或許因此留學生活特別值得回味？

應付功課不難，生活過得好比較困難。

群體生活，注定是個痛苦的開頭。狹窄的宿舍住六個人，天大的折磨。未來要當國文老師的室友人品好，可以說是溫良恭儉讓了。我也學會把謝謝和對不起當成口頭禪。她們像一面鏡子，我覺得自己從說話到穿著都像野人。宿舍生活也有好玩的時候，可是空間太小，人跟人的距離太近，總是睡不好。睡不好，這世界就有點虛幻和搖晃，大學生活想起來總是有點飄浮。

我怕吵，也怕干擾別人。打個噴嚏都得控制好聲量，走路也注意腳步聲大小。母親從很年輕起，聽力就不好，我大嗓門慣了，這下只好盡量輕聲說話。以前聽著蟲聲入睡，雞鳴鳥叫聲中起床。宿舍外卻是熱鬧的大街，車聲喇叭聲攤販的叫賣聲。洗好的衣服掛室內，濕氣和洗衣粉味讓冬天更難捱。有一陣子我吃安眠藥，一顆睡五小時，藥物換來的睡眠很假，醒來時藥效猶存，頭沉沉地，像行屍走肉。刷牙洗臉實在喚不起鬥志，我得刷牙洗澡。

唉，洗澡。

於是開始冬天洗冰水澡的生活。寒流來時，冰水包覆皮膚的感覺，遠遠超過冷或凍這種不管用的形容詞。絕處逢生。極冷的時候，身體會散發熱能去抵禦，幾陣顫抖過去，冷就不存在，內在的熱能被激發，精神就上來了。有時先爬幾層樓梯，身體發熱了再來淋浴。這是真正的戰鬥澡，我在跟一個看不見的什麼戰鬥，連自己都弄不清楚。大學生活結束，好像長了一層新的堅硬外殼，連靈魂都剛毅起來。

說是這麼說，洗澡前的掙扎，還真是痛苦。

最自在的是寒假。宿舍空蕩蕩，安靜極了，整層樓迴蕩著我一個人的腳步聲。冬天早上醒來，走廊一片黑。打開盥洗室的燈，嘆一口氣，這才叫自由的大學生活，再沒有人比我早醒或晚睡。到了過年那幾天，師大路難得有車聲，臺北成了空城，空氣品質都變好了。這段時間是補眠的好時光，精神全然放鬆，一個人的生活實在太自在了，空城的感覺真好。熱水多得用不完，連洗澡都很清靜。平時熱門時段洗澡，總有人敲門，問，幾分？洗澡又不帶手錶，憑感覺給個時間，開門總有臉盆排隊。

四年只回過一次馬來西亞。沒有回家的衝動，想想也不過二十歲左右，不想家實在不合常理。

每學年搬宿舍。住過女一舍不同樓層，每個寒暑假也搬，那叫集中管理。反正不是家，住哪兒都一樣。搬家搬出心得，三兩下就可以打包完畢，上下樓層來回走，搬得腳痠兩手痛，每一次都發誓，再也不買書回來折磨自己。床、櫃子和書桌構成的小天地，那是我在臺灣生活的全部。怎麼塞得下所有家當，已經記不得。有時還流浪到臺大女一舍借住，所以，不買多餘之物，精簡生活是最高指導原則。

在心理時間上，大學似乎跟中學一樣遙遠。我的夢境幾乎沒有大學，直接從馬來西亞跳到新店，臺北很快就成了純粹是工作和讀書的地方。許多細節陷入時間流沙，有的還錯亂，老了記憶變壞時，說不定這段就憑空蒸發了。

卻無論如何都忘不了冰水澡。太殘酷，也很有代表性。克服不了生活就要被它吞沒，那麼，就卯起來洗吧。

早上洗熱水澡的感覺可真好。冰水澡太自虐，為的是提升戰鬥力；熱水澡則讓精神放鬆，一放鬆就忘我，常常記不得擦過肥皂沒有。擦兩次肥皂洗兩次臉，是常有的事。最後一定往臉上沖冷水，即使寒流也得這麼毋忘在莒一下，提醒自己舒服日子別過過頭了。

同事問，為什麼早上非洗澡不可？冬天也洗兩次，皮都洗掉了吧？這是馬來西亞人的習慣。說完我問自己，真的嗎？

若要說本色，辣椒倒比洗澡還馬來西亞些。不吃榴槤，至少吃辣。從小嗜辣，沒辣就若有所失，乾脆自己種小辣椒。我的飲食習慣已經大混雜了，家人寄來的咖哩包解饞卻無關鄉愁，煮咖哩我不放椰漿。最後一道手序改加牛奶或豆漿，調出口味溫潤的自家咖哩。

沒有非要「那一種滋味」的執著，離家太久，連「媽媽的味道」都不太確定，更何況，後來母親煮的菜跟記憶中的味道已經不太一樣。她說椰漿對身體不好，容易堵塞血管，乾脆省掉，咖哩於是缺了典型的熱帶味道，更別說為了遷就幾個小外甥的口味調整辣度，吃了反而更失落。我從來不是以前多好多好，或懷念舊時味的人。

然而，誰敢說死呢？老的時候會有鄉愁也說不定。

有時我在廚房忙了老半天，成品出來，忍不住想，這是哪一國的菜？既不是母親的作法，也不是從食譜學來。有點臺灣有點馬來西亞，還有旅行或看電視學到的新點子，經過改良再改良，混得厲害。自己摸索做菜，打理自己的家，建立屬於自己的生活方式。一隻貓，四缸魚，數目不明的蝦，麻雀食客上百，全都臺灣生產。跟小傢伙說tidur囉，牠也懂，乖乖回貓窩睡覺去。馬來西亞人的臺灣貓，馬來單字就加減學一點吧。種了香茅，也有臺灣橄欖。一樓院子有吉野櫻和八重櫻，四樓有大紅花。這在老家拿來當籬笆的國花，非常平民。當時買來種下，完全出於他鄉遇故人的親切，跟愛國全然無關。

從前我的中學老師說，她返馬，是擔心在臺灣老去，沒有同鄉可以聊天，沒有人可以分擔鄉愁。那時她才三十歲出頭，就有了老年的憂慮。這憂慮或許太年輕了。總是要獨自上路的，無論人在哪裡。人生旅程的最後，有誰可以攜伴同行呢？總不能聊天聊到斷氣那一刻吧。

忽然想起臭豆（petai），吞了一下口水。這奇異的豆子長在雨林裡，煮熟了也帶點夾生味，口感清脆，混著蝦米和蝦醬辣椒一起煮，滋味非常馬來西亞，簡直媲美榴槤。有人說臭，有人說香，跟臭豆腐有得比。我對它依然想念，卻再也不敢放肆大吃。蝦米是我的大敵，吃了就肚痛。奇怪，從前不會的呀。

其實也沒什麼奇怪。既然有榴槤和臭豆腐，以及洗澡，再來個在兩者之間的臭豆，平常得很。這就是我現在的位置。說白了，也就沒什麼意思了。

定稿於二〇一三年十一月

時光的縫隙

出遠門最快樂的是回家。回家最幸福的是睡自己的床。出門愈久家愈可愛，床也愈溫暖。特別是長時間在外，從遙遠之處返家，疲軟身體撲倒床上，忍不住要讚歎，哎，還是自己的床好。這柔軟美好的，屬於自己的床啊。旅館陌生的床雖然易於入眠，離家超過十天左右，就會開始想念自個兒的床，以及西門，一隻二十一歲的玩具貓。回家的第一晚多半陷入混亂的睡眠，跟旅行時第一晚睡陌生的床一樣。醒來後，總有一段腦袋無法運轉的空白瞬間。輾轉幾個城市的長途行走之後最常這樣，這是旅行的真正終點。

那是時空的縫隙。

醒在自己的床，空氣清淨機的馬達高速運轉，被子床單混合房裡無數難以辨識可是安心的氣味。再熟悉不過了，日常生活的氣息。所謂日常，便是教書開會家事各種瑣碎，以及偶爾失眠和低潮。有人美化為規律，有人說這是生活的本來面目。因為平凡，也就無奇。所有令人愉悅的驚奇或驚喜，都在日常之外，或者翻轉日常。說到底，日常生活的本質是無趣。

因此格外珍惜這瞬間即逝的旅行句點。時空的縫隙很快便縫合了，我回到日常，努力在每一個身分裡恰如其分。玩也玩過，走也走得夠遠，痛快的花過錢，浪擲過寸金難買的時間。把兩條腿走瘦，把五花大綁的現實遺忘徹底，身體和腦袋便同時變輕。再怎麼不甘心，總也要回到日常。認命一點吧。

是的，最近開始認命，而且願意接受日常，是三個月內數次往返中壢和怡保，以及中壢和吉隆坡之後。疲於奔命。終於對這四個字有了徹底體悟。

返馬不是回家也不是旅行，就只是出遠門。更準確的說法，出遠門探望親人。因此，離家比返家的意義大，我的床在中壢家也在中壢，不在馬來西亞。如果純粹開會住旅館，抗拒就小些。要住夫家或自家，我就努力縮短行程。然而母親開刀出了意外，我因此成了空中飛人。十九歲來臺後，從未有如此頻繁返馬的紀錄。

睡在家人睡過的床，枕頭以及被子，連夢也難得。床是這麼一種極端的貼身物品，要嘛完全熟悉，要嘛就全然陌生。要嘛睡自己的床，要不就睡旅館。不論睡怡保的自家或夫家，或吉隆坡的小妹處，我都開不了口，這床單被子枕頭套，換過嗎？

換過也不見得好睡。這種時刻，誰有心思伺候睡眠？

幾個月體力透支的超人生活，我用意志力撐著，母親也以她驚人的意志力，早早結束我的疲於奔命。最早大家都站在同一陣線，跟死神拔河。再後來，我與母親站在同一陣線，跟父親弟妹七人拔河。大家都希望她賴活，只有我希望她好死。要捨生取死，多麼不容易。在最天人交戰的時刻，違逆感情用事。特別是面對自己的母親。

除了我，沒有人肯做這個困難的決定。老大難為。一個猶豫不決而脆弱的父親，必須有一個當機立斷近乎無情的女兒為他作主。無情到我必須發誓，下輩子，絕對不要跟這個男人有任何瓜葛。

不是第一次了。

祖母八年前過世，她比祖父多活的那兩年活得並不好。常常半夜驚惶大叫，排泄物抹得房間臭氣熏人。我們不了解她從前的過度潔癖，一如不了解她怎麼會用這種難堪的方式折磨父母親折磨自己。我打了無數次國際電話強迫父親送她到療養院。一個月，你跟媽就休息一個月，不然到時垮掉的是你們。父親每天要上班，母親帶著小外甥女，兩人都竭力撐著。那時仍住南馬居鑾，弟妹在吉隆坡，出了事可是遠水救不了近火的呀！我不幫父親做決定，他絕對忍不下心。

祖母在療養院吃麵噎死時，臺灣的SARS疫情才結束，悶壞的臺灣人一窩蜂往外跑，問了四家航空，機票一位難求。父親沒要我回去，我亦無返馬打算。祖母跟祖父一樣火葬，是我拿的主意。父親在最後一刻還在考慮，火燒會痛，好嗎？

還好他是母親的丈夫，祖父母的兒子。

馬來西亞的華人習俗，人死了兩三天之內就要出殯，不論火化或土葬。不管六十或九十，再高壽也沒放上一個月的。祖父的喪事辦了三天，祖母兩天。回到家大概只來得及參加出殯。那就不要死別吧。

我一直以為參加的第一個，也是最後一個喪禮，會是我自己的。老實說，我對死別的場面畏懼又厭惡。我討厭淚水，生離夠傷心了，親人的死別是什麼，我不想知道，或許也承受不起。十年前的雙十國慶，在動物火葬場送別小女生的畫面和感覺還在。祖父死後一年，牠也走了。初秋的雨已有涼意，天地灰濛濛。在雨裡看著小女生裹著棕色毛衣送入焚化爐。兩個小時後，我捧著一個發燙的骨灰罈回家。再四天，把骨灰灑在靈鷲山一處飛蝶漫舞的面海小徑上，陽光明媚。這句點多美。我們的人間緣分在此結束。

如今我得幫父親，幫弟妹再做另一個痛苦的決定。

有一股力量把我分裂成兩半。白天我有忙不完的事，多虧這些日常，像張脆弱而強韌的蜘蛛網，把我勉強固定在軌道裡運行。晚上躺在床上，我開始大大小小的盤算，各種無微不至的假設，在每一個細節裡推論可能的影響或後果，反覆問自己，這樣對嗎？那樣如何？追溯前因追問後果，為何會這樣？為什麼？哪個環節出了錯？終致輾轉難眠。

難眠中繼續天問，為什麼我沒有質疑到底。印度醫生很有把握，成功率九十五巴仙。這包票打得太滿。那麼大的脊椎手術，決定得如此倉促。在我回家之前底定，是誰答應了？我沒問後來也沒再追問。印度醫生在怡保很有名，手術經驗豐富，他簡短的解說沒有解除我縹緲的疑惑，可是，我也感受不到迫近的危險。這整件事情好像被一種詭異的決定性的力量設定過。向來不信任馬來西亞的醫療，這一回，印度醫生的鐵血判斷讓我無話可說。手術一定有風險，對吧？

母親的痛打亂了我。

年沒過完，母親背痛得無法站無法坐，第八第九節鬆脆的胸椎壓神經。我被家人告知，兩天後母親要動手術。母親很能忍痛。當她反覆痛死了痛死了說個不停，那痛便弄亂所有人的生活，也擾亂父親。父親一亂，就會把我們全都煩死。手術能解除母親的痛，解決大家慌亂的根源。這巨大的期待，掩飾了手術的問題。

下飛機後跳上大妹的車，她飛車到醫院，兩個小時後，見到笑咪咪的母親一如往常。母親見到我很開心，笑瞇了眼。咦，你沒先轉去休息一下再來啊？上次見面，是去年年底，我在吉隆坡開會。我們在小妹家吃飯闔家大團圓，十六個大人十個小孩，一屋子鬧哄哄，亂糟糟，小孩滿屋跑，說話得拉開喉嚨。亂中拍照講話，真是耗神。好在我住旅館，吃完飯立刻逃走。自從家族成員多了小孩這種族類，家人的話題就圍繞著他們打轉。我這種沒小孩又不善跟小孩交際的人，就成了外星人。小妹挖苦我，跟小孩子說話那麼難咩？大姨媽。我給她白眼，姨媽個頭，我還大姑姊咧。跟母親也沒機會說上話，我們習慣煲電話粥天南地北。

母親被醫生強迫臥床，嚴禁行走，吃飯也只能把床搖成十五度，免得壓神經。從入院開始到離世，她再沒下過床。

醫院的飯難吃，馬來人煮給各族病人吃的，沒豬肉更別談什麼好料，母親仍是每一次送餐都要試兩口，看是什麼味道嘛？三種菜各試一口，全搖頭。還是怡芬煮的好吃。三妹為她熬魚粥，香味撲鼻。母親吃得很開心。相比之下，更顯醫院餐的寡淡乏味。

一切都很尋常。手術後把打亂的現實重新排好，把睡亂的床單拉拉整齊，一切便都回歸從前。萬一呢？沒有萬一。母親才六十二，我們腦海裡沒有也不允許萬一。對於死亡，我實在太天真了，而且缺乏經驗。祖父母離世都是八十好幾的老人了，二姑五十幾歲病逝，我的生命經驗裡，死亡跟老跟病有關，跟意外無涉。

在這之前半年，我確實想像過父母的死亡。二十年以後，我六十好幾了，當他們八十幾老病在床，我得返馬照顧兩位老人。老人照顧老人的畫面我努力想了又想，搖搖頭。唯一能做的是，從現在起練好身體養足體力，等待那刻來臨。我演練過，借助電影和文學的想像。一群老去的兒女為父母送終，心智足夠成熟，風霜打過，應該不太難。況且，小妹懷胎三月，母親跟小妹感情那麼好，一定會幫她坐月子，就像對每一個女兒那樣。母親很有把握的說，小妹懷的是兒子。

我們都錯了。我低估了死亡，太有把握。這是我生命最大的挫敗，輸得最慘也最不甘心的一次，甚至沒有機會還擊。母親也錯了，小妹懷的是女兒。

生命可以期待，它有形有體，而死亡不等，它是暗處的魅影，突然襲擊，防不勝防。沒有準備好這回事。死亡不能準備，而且沒有預兆。

在這最致命的時刻。有一股透明的膜把我過度發達的感官封住，阻絕了我對危險的感應能力。為什麼沒有察覺到夢的預警？那預警非常細微，或許，我對死亡太陌生，我對死亡缺乏透視力。聖誕節前，有一天我打給母親，按捺住惶恐的語氣，你有沒有怎樣？關節痛嗎？噩夢令我不安，夢裡母親縮著一張疼痛的臉，說不出話，背景灰暗，像中壢令人絕望的冬天。

沒啊，沒有怎樣。母親有點錯愕。這裡很熱啊，聖誕節過完要過華人新年囉。她另起天氣的話頭。我放掉了夢。講完電話，疑惑和隱憂彷彿還在。後來妹妹跟我說，聖誕節後母親開始背痛。

我的夢預知了痛，沒有預知死亡。

開刀後臥床，最困難的事情不是照顧母親，而是伺候父親的情緒。妹妹們終於發現，父親令人難以置信的軟弱和暴躁。他的嘆氣和絕望表情讓人瘋狂，連最會甜言蜜語的小妹也訴苦。到底爸是怎樣養大我們的？他這樣子怎麼做工？被父親氣得跳腳的時候，這變成我們的大問號。終於恍然大悟，原來，母親才是家裡的支柱。

母親一直是個有主見的人，父親的起伏情緒和猶豫多變從未改變，是母親扮演了海綿的角色，吸收了父親的強震，又給他出主意，讓他大多數時候看起來確實就是養大七個孩子，歷經人生風險的成熟男人，管理一個工廠，一人之下，數十人之上。

他背後的女人才是支柱。支柱一旦崩塌，我們都承受不住。

母親常昏睡，清醒時間不多。她說不出話，可是清醒時什麼都知道，她看我燒水幫她泡腳，看我煮飯做家事。廚房本來是她的地盤，換我掌廚，她的無奈表情裡還有很複雜的什麼。自從我離家，她就再也不肯讓我進廚房，連碗也不給洗，好像我是客人。要是能說話，她一定揮手趕我像趕一隻誤闖禁地的小狗，出去出去，沒你的事。餵她吃飯喝水，她眼睜睜望著我，吃一口停很久，也不嚼。媽麻，沒吃東西沒力，吃快快。我不叫媽，改口跟小妹一樣喊媽麻，帶著撒嬌的語氣。小妹在一旁搧風點火，博士煮的菜不好吃啊？母親瞪她一眼。媽，你好惡喔。我有講錯咩？小妹自問自答。母親忍不住笑了。母親一笑，時間刹時回到從前。我肩膀上的千斤重擔彷彿消失。幫她擦身換尿布，她立刻假寐。重擔又摔回我肩上。

她不要麻煩我們。

有時她會比手勢，張口發不出聲。這最讓我挫敗。跟母親講電話講習慣了，沒

兩天後母親開始發高燒，拒食。大妹哭著求她，半逼半哄，你看看我你看看我，你捨得我嗎？啊？母親只好順著女兒的意思吃幾口。大妹還在skype前演她如何喚起母親的求生意志，小妹挺著五月肚端著三妹煮的紅豆湯餵母親。我把小傢伙抱到鏡頭前。母親在輪椅上好奇的盯著我懷裡掙扎的，嗯，其實是六點五公斤的大傢伙。唉，我以貓代孫子娛親，母親已經習慣了。她嘟了一下嘴，意思是什麼嘛，拿隻貓敷衍我。那是我最後一次跟母親說話。

回到中壢後，我開始幫她準備後事，每晚在自家的床上翻轉，活得像遊魂。除了誦經，什麼事都進不到我心裡。

三個星期後，父親弟妹跟死神拔河的手被我一勸再勸，終於鬆開。母親走的時候，我還在計程車上，再一小時就到怡保了。我又錯了，這回一樣錯在太有把握。一定是凌晨四時，那晚在小妹家，母親如此暗示我。沒想到是下午四時。母親果然是個有主見的人。

進了家門，第一次見到母親沒喊媽。她鋪著我郵寄回去的金色往生被。我給她誦了八小時的《阿彌陀佛》。眼淚已經被父親和弟妹流光了，我一滴淚都沒有。直到現在。

母親總在時光的縫隙裡閃現。入睡前，醒來瞬間或夢裡。切菜煮湯，掛衣服拖地板，吸塵吸到一半，數不盡的這些那些瑣碎裡，突然便想起，很久沒有打給母親。就那麼幾秒，短暫發傻，或者出神。再繼續未完的工作。有一把利刃在心上劃來劃去，反反覆覆。有東西鯁在喉頭，不上不下。母親不在了，原來是這樣。

如果，有一天可以流淚，或者痛哭。

定稿於二〇一三年八月

近黃昏

有許多年，我的黃昏總是憂鬱的。入秋以後，晝日短而夜幕漸長，過了十一月，天色早黑，我的心情便隨著天光一點一點向下沉淪。一壺茶都沒喝完呢，天已向晚，五點剛過，就已有夜的模樣了。深冬之後，連做飯都得開燈。彼時雀鳥歸巢，小葉欖仁一片喧鬧。貓們各就各位，十點一瞇起眼看白頭翁在樹上叫囂，十點半屋脊蹲著半入定，十點二攀在樹枝上，守著窗內的動靜如狩獵。牠們在等飯。吃完便可以去夜遊，或者潛入天花板，安穩睡過長夜。

溫暖的安穩光暈，輕輕落在牠們身上，牠們的太曾祖母鍾小灰，此刻應該在雲端上低頭微笑吧。受庇佑的好命貓。早幾年，我總把黃昏丟擲在散步，逛街或者大賣場，卻似茫茫然踩在半空，愈走心愈慌。這兩年把黃昏典當給廚房，腸胃踏實了，人就會鈍一點，快樂一些。五點半左右吃飯，四時半得開始張羅，做菜令人渾然忘我，遂發展出繁複多工的食譜，足夠排遣黃昏，遺忘莫名的憂傷。可是我總疑心廚房偏黃的溫暖燈光讓判斷失去準頭，菠菜永遠不夠鮮綠，蒜頭失去象牙白，蕃茄紅酒燉牛肉丸紅中帶灰，看似烹煮過頭。缺乏自然光，一切都不太對，連食物都厭世。

那就等吧。等冬天過去，食物現出本色。等黃昏變得明亮，生命最暗的角落，透進一點天光。

如果是初夏，四時許仍延續著午後閒情，茶喝完，來半個涼涼的西瓜。西瓜解渴不解饞，再幾顆巧克力，讓甜味堵住食慾。窗外天光熱烘烘，洗洗切切，不知不覺就哼起歌仔。三十幾年前老家的回憶。黑膠時代的老歌，殘垣斷簡，唱也唱不全，李逸張竹君黃曉君，馬來西亞的當紅歌手。李逸盛年車禍往生，他的歌多半愛別離情難捨，不過不影響做菜，反正歌詞只記得三兩句，悲傷短短十幾秒。很快我就哼起黃曉君的〈祝福你〉：「親愛的朋友，你要常歡笑」，彷彿便有歡笑的晚霞，陪我在餘光中變出晚飯，夜色悄無聲息降臨，黃昏一點都沒驚擾我。

吃完飯，心情不錯，便撥電話鬧母親。五點多六點，她必然在煮湯。一開口喊媽，她一定未語先笑，雯啊，是你啊，這麼得空，吃飯未？一連串問句大氣不喘一下。我從沒問過，我那聲媽有什麼不同，她那麼確定是我，好像中了萬字票開懷。她真的需要助聽器嗎？我一說話，她就能聽聲辨女，絕少出差錯。六個女兒同樣喊媽，她總知道誰是誰。反倒是我，老錯認媽。雯啊，做什麼。老聲老氣，裝模作樣的肯定是五妹，那語氣一聽就知道是偽媽一號。偽媽二號是小妹。通常她會嘲諷我，乖，好久沒打電話轉來囉。給我回馬槍的是大妹，媽什麼媽，妳老妹啦。

母親跟五妹一家五口住怡保，老二和老六最常回去，幾個女人把老五的房吵得快掀頂。有一次小妹跟我說，母親的助聽器壞了，叫我暫時別打電話。跟二姊回去怡保兩天，聲音變這樣。我以為小妹感冒，聲音粗啞，跟五妹很像，原來是吼話吼到燒聲。咦，五妹該不是跟媽住才變聲的吧？從前她的聲音清澈嘹亮，現在像破胎皮，使用過度又沒保養，刺耳吵雜，漸漸像阿嫂，吼慣小孩的氣粗嗓門。

跟妹妹抬槓不會太久，母親的聲聲催會沿著電話線直追過來，好啦好啦，換我講。我知道電話那頭她作勢要打人。於是妹妹們見好就收，五妹一定會補上，媽瞪我。小妹通常說，你媽撞火咗。母親似乎很喜歡挑戰自己的助聽器，我的電話一來，炒菜煮湯一律暫停。有一回她接了電話，說，等下，我把咖哩的火關小。我聽到她急促的腳步聲由近而遠又從遠而近，然後興致高昂講上大半個小時，不外乎類風濕性關節炎的好好壞壞，天氣如何，父親最近心情美不美，然後問我，吃飯了沒，吃什麼。我說一句，她可以自顧自講上很久，我只要嗯嗯啊啊，適時問一兩個問題點火，她就可以燃燒整個樹林，讓我的房子溫度升高，汗水沿額頭臉頰流下。赤道的太陽此刻仍然熱力四射，母親直說熱死了熱死了。熱死還在講。妹妹在那頭大喊，講這麼久，你女兒開銀行啊。

電話講完，我開始肌力訓練，讓汗水迎接歡樂的夜晚。

難得的歡樂。短暫的美好初夏。熱死人的夏天很快就來了。

盛暑的黃昏，熱到發暈，流了一天汗，只有吃飯而沒有煮飯的興致。這時要提防睡意提防噩夢襲來。有一回不小心睡著了，在書房的地板上。或者也可以說，熱昏了過去，又茫然轉醒。額頭上停著的汗順勢流到脖子，滴到地上，熱氣燒得眉眼發痛。五點半了，熱氣依然逼人，太陽血紅的怪眼瞪著大地，天空燒得白熱，這哪是黃昏天色，倒像日不落的末日。萬里無雲。雲早已逃逸開去。夢裡陰雨，有人在遠處哭泣。醒來頭髮浸在汗水裡。夢裡夢外一片汪洋。

鄰居在樓下喊。我從三樓探頭。叫這麼久不應，睡死啦？來拿菜。她把袖子捲到肩膀，七分褲擼到大腿。回到家門口便叉腿而坐，熱得很不雅。葉菜瓜果攤了一地，把我要的絲瓜地瓜葉紅鳳菜九層塔蔥啊全用報紙包好，跟我媽一樣。我說報紙有鉛會中毒。她說她吃了一輩子還活著，人沒那麼脆弱，死不了的。每周她都給我送來鄉下姊姊種的菜，二十人的份量，豈是二口之家消化得了？於是連早餐都炒菜吃，吃成跟牛羊同國，面有菜色，就怕浪費了菜，辜負了種菜人的汗水。有一陣子連開冰箱都很壓力。

那麼熱，誰要煮菜？

臺灣的冷熱太極端。赤道沒那麼熱，或者從前我沒那麼怕熱。恆常大太陽底下走山路，碰到爬坡還喘著大氣虎虎虎加速竄上去，下坡半跑，跟誰賭氣似的。走路總是飛快，回到家衣服濕透，一頭一臉汗，發光發熱的青春歲月。逢假日還去游泳，先曬太陽再曬月亮，脫一層皮人就長大了，跟蛇一樣。南馬油棕園裡，黃昏充滿活力，燒得漫天通紅的晚雲，把天地染成一體，我在紅光裡等涼夜，等著長大，離家。中壢熱得連晚霞都逃逸，夜裡悶熱異常，熱得我想逃。逃離黃昏。

入秋，我的黃昏憂鬱症又犯了。天色一暗就不知所措，一種沒底的空洞把我不斷向下拉，連打電話的興致都沒有。母親總是透過小妹明示，你阿姊真久沒打電話轉來。她不知道我被莫名的情緒困住，年復一年，在白天和夜晚之間，曖昧的時間裡，掉入絕對孤獨之境，身在心不在，驅散不了的張皇。除了等待。

那些散落在黃昏裡的暗影啊。

喵小是從前住油棕園時養的虎斑貓。每天黃昏，母貓總是從油棕園打回野食，老鼠、飛鳥或血肉模糊的什麼。母子倆就在屋角的水泥地上，沐霞光享天倫。喵小三四個月大時，某日母貓進了油棕園，卻沒有出來。第二天沒有。第三天也沒有。喵小每天守在那兒，望向深幽無邊際的園林，好像能望出母貓飛奔而出的身影。大半年，都守成大貓了，還老時間老地方杵著。牠和牠的影子等得那麼一心一意，那麼心酸。小妹跟牠說了好多回，喵小，你媽不會回來啦。牠不理，全然不是平常百呼百應的模樣。燈光落下，牠自然會拖著心碎的瘦影，慢慢走開。

我記得那身影，在許多個孤單的黃昏裡。還有哭聲，來自更遙遠的向晚。

在新村。汗流浹背的追逐之後，飯菜香之後，大人罵小孩的晚飯之後。如果我沒有被指使上街場買東西，或者洗澡，那帶著撕裂傷的壓抑哭聲，就追來了。是右邊的灰髮老太太，在家門口的藤椅上，對著茂盛的波羅蜜樹，阿什麼的哭喊著一個人。漸漸的，那人消失了，剩下悲愴的嗚咽。祖母一聽到哭聲，就搖著扇子嘆氣。她是個對什麼事情都有評斷的人，無話可說時，都是壞到底的事。

老人家哭一陣，就被家人低聲請進去了。白天她是個尋常的鄉下老太婆，梳著整齊的髻，一身灰布大衫，佝僂著忙進忙出，常常隔著兩家的大水溝跟祖母喊話，有時也會過來講八卦。她缺了一只門牙，笑的時候見眼不見牙。天色將暗，她就變成哭黃昏的人，背光的身影像幽魂。從我有記憶起，她幾乎每天都哭。那哭聲穿透性實在太強，穿越每一個黃昏和夢境，穿越漫長的時光。年幼的我，遂記住了那無言的哭泣。泣血的哭法。神祕的痛苦，天大的悲傷。在瑰麗而詭異的晚霞裡，總也不散。

她哭兒子囉。父親說。隔了三十幾年時差，從電話那端傳來的真相，還是讓黃昏震動了一下。我啊了一聲。村長的岳母嘛，她兒子被日本鬼打死了，沒回家吃飯，她每天都在門口等，等不到就哭。唉，你阿太也是。從前還住舊屋時，她們門對門，一個哭，另一個也跟著哭。你叔公也是給日本仔做掉的，屍體都沒找到，才二十歲，都還沒娶老婆。我阿婆說不定是這樣頭瘋的。

原來，曾祖母也是哭黃昏的女人。

新村的晚風裡，到底有多少哭不完的黃昏，說不完的時代故事？照片裡，曾祖母的眼神總是那麼淒厲，帶著怒意，不知是譴責命運還是自己。那神祕的痛苦如此強烈，穿越時光，來到我的黃昏，無來由的張皇啊。祖父爛醉不起的傍晚，祖母的嘆氣，喵小的等待，影影綽綽的片斷。我後半生的故事，彷彿，才真正開始。

定稿於二〇一一年一月

我要為你歌唱

房子後面的卡拉OK生意興隆，好幾年了，連大年初一都在唱。新年歌胡亂唱幾首，沒感情沒喜氣，很快又換回悲情的歌，新年哩，這是迎新春，還是要把年趕走？唱歌的人多半是常客，唱來很投入帶勁，那麼昂揚那麼賣力，悲傷都被認真的嗓音唱走了，有時聽來竟像勵志歌曲，分手傷心或者酒醉都可以發奮圖強，走音走調又添加娛樂效果。

哎，能唱成這樣，哪有過不去的哀傷？從歌曲的年代和唱歌方式判斷，唱歌的應該都是後中年，有時聽來在傳情，在追悔，人生的無奈和感嘆，就那麼五音不全的在田野豬舍之間遊蕩，豬隻的嘶嚎於是全給鎮壓下去。只恨相逢未嫁時，情人的眼淚，吻別。月圓時，竟然就唱起月亮代表我的心。不只是應景吧，歌聲太有感情。我停下手邊的事，若有所思。深深的一段情，叫我思念到如今。啊，唱歌的男男女女，跟歌曲一樣，理還亂的關係。

老實說，我還真有點羨慕他們。唱悲歌的人，生活都過得比我有閒情。人家有餘裕有心情，再無奈再悲情，都有歌仔可唱。不像我，煮飯洗澡時亂哼，哼不全就瞎編，把歌詞查全的興致都沒。常常我在二樓跟卡拉OK屋頂上的貓講話，屋頂下火力全開。兩隻貓見到我，總是又長又急的一大串，喵著喵著便爬上野桑椹樹。人家唱足好幾個小時，唱不完的惱人歌聲，我們不敵痴男怨女，幾分鐘就沒話了。兩隻傢伙站累了，乾脆蹲著，隨著棲枝搖啊搖。如果我在一樓，牠們一蹤身，便精準落在側窗矮牆，鳥般俐落。咱們便一起揣摩那流轉在靡靡之音的幽微心情，輾轉壓抑的情意。

唱不完的心酸哪。

貓們聽著聽著，閉起了眼睛。留下我，對著寂寥的天空，編撰一個又一個，歌的故事。

若即若離的歌聲，那麼纏綿悱惻。我日聽夜聽，竟然也認住了幾把熟悉的歌喉。三四個人吧，唱得不好，可是唱法太獨特，固定唱某幾首閩南語歌，以及國語老歌。固定的地方走音，破嗓。一遇到抒發情感的啊～啊，必然拉得老長，長到把拍子拉垮，吃掉下一句的開頭，讓我不禁要幫他們重唱一次。

有個女人每回都唱情傷，高音時令人發抖，像在哭。歌聲一點都不好，卻唱得很痛很無望，帶酒意。情人大概就在臺下吧，聲音太有對象性。要不，就是有所寄。這女人不唱歌，日子恐怕難以為繼。中午就唱星夜的離別，昨夜星辰，還追憶年華似水流。就這些歌曲反反覆覆，竟然也能唱到晚上十點才曲終。

有時曲終人不散，十一點了還有男女纏綿的合唱，刻意把音量調得很低很低。我一定會陪你到地老到天荒，我一定會陪你到天涯到海角。林子祥和葉倩文的選擇。這樣還沒完。末了，還在空地上依依話別。選擇了還是情難捨啊。我在廚房倒酒。中壢鄉野的夜，十一點剛過，已經很深很靜，從中庭望出去，社區全睡著了，一片安心的黑。這些男女沒設防的承諾，被一個無心的陌生人偷聽了去。應該是要回各自的家罷，這些看來人生過半的男女。嘶啞的嗓音再見又再見，明日彷彿天涯。

天涯就在明日，天涯就在卡拉OK裡。對那些男女而言，明天，隔著漫長的夜，是多麼遙遠哪。他們於是明日又明日，明年又明年的唱下去，唱歌的人總也沒散，情也難了，只是把情歌唱得更老一些。

這些常客好像彼此認識，常常聽到他們在房子外頭的空地抽菸講話，抱怨生

卡拉OK屋脊上的一串虎斑貓。牠們的組合是貓媽媽小米和四個兒子。

活。我怎樣你怎樣，大聲詛咒，國臺客語的國罵不斷。我家房子比平地高了半層樓，從廚房就可以看到這些唱將，旁觀他們的生活。男人與男人的交情，男人與女人的感情。日復日的送往迎來，難分難捨。那些只說給對方聽的話，話裡的眉來眼去。電話細節，爭執，交代事情。他們的生活與工作。不耐煩的好啦好啦，急著掛電話。家裡打來的吧，或者，已經沒有情人感覺的情人。為了唱歌，他們可能蹺班又蹺家，兼要杜撰不同的藉口。常常我在洗洗切切，煮水泡茶，或者在二樓泡澡。總而言之，只要在房子的後半，隨時有俗爛電視劇的橋段。戲劇裡誇張濫情的對白，其實都很寫實。

所以才心虛吧。在自家的後走廊，他們聊天講電話時我從不敢逗留，匆匆給馬拉巴栗灑過水，放下看完的報紙，回收的瓶瓶罐罐，便火速進家門。不小心斜視了，做錯事般立刻收回。有時想伸手去摸摸那幾盆木訥的仙人掌，總也作罷。它們老朽得連刺都變溫柔了，我怕它們時日無多。

究竟心虛什麼？有時我倚著廚房的門啃水果，對著傻氣的仙人掌和無聊的天空發呆。後走廊外側跟卡拉OK側牆之間有塊空地，靜悄悄長出了兩棵樹，一大一小。大的是野桑椹，小的是構樹，鳥族種的吧。初初發現野桑椹時，嚇一大跳。

咦，從別處偷跑過來的？沒見過它有小時候。構樹忽然也成蔭了，聽歌聽八卦長大，長得特別神速。

春天時，白頭翁結伴而來。最壯觀的一次，十六隻，就在小樹上，錯落有致。經牠們那麼一站，赫然發現，這樹，喔，長得可真有精神。人聲鳥聲，天上飛的地上走的，我的春天熱鬧得很。

社區的住戶非常不喜歡卡拉ＯＫ，隔壁鄰居嫌歌聲影響小孩念書，好幾次叫警察來關心。顯然無效。警察車閃著燈來了，歌聲暫歇，豬隻的嚎叫變得很刺耳，實在比走調的破歌喉好不了太多。警察車很快閃著燈走了。歌聲壓抑著，後來便脫韁了。如此多次，警察意興闌珊，鄰居也被迫適應。

卡拉ＯＫ面向豬舍，最該抗議的是豬。我家兩間書房在三樓，面向中庭，後書房是書庫，兼小傢伙的床。書和貓都不怕吵。小傢伙跟我一樣，喜歡觀察人生百態。我們對鳥跟人都很有興趣。人跟鳥都在，我看人，牠看鳥。我們都不排斥卡拉ＯＫ。何況我一做事形同半入定，遁入意識蝸居，在自己的無人島上索居，世界立刻退得很遠很遠。這時候，他們的悲歡跟我無關。歌聲比較接近背景音樂，朦朦朧朧，我甚至不知道他們在唱什麼。尤其陌生的閩南語歌，即使聲音清楚，也等同噪音，跟車聲摩托車的呼嘯一樣，完全不影響。

然而，有那麼一兩次，我請出了莎拉．弗恩。可怕的歌聲，不，是輓歌。起先，我以為是出殯。卻太近，又太久。後窗一站，天哪，卡拉OK。那聲音在凌遲我，我的神經繃得很緊很緊。快臨界點了。拔尖的聲音令人魂飛魄散，整個美好的陽光下午，都被哭腔唱壞了。還好，莎拉．弗恩放縱享樂的copacabana充滿生命力，她卯足聲量硬是把我的魂魄請了回來。

也有令人忍無可忍，必需交涉的時候。

卡拉OK老闆說，他怕社區的人抗議，聲音大小拿捏過的。你有空也來唱一下嘛！這麼近。

這麼近？

這麼近，你還在這裡開卡拉OK？

老闆背微駝，穿白襯衫，看來挺和氣。他不知道來打交道的人，就住斜後方。有一兩個客人唱得不好，又特別喜歡高歌，他很苦惱。我把重音調得很低很低了，只開一個擴音器。他很有耐心解釋。有黑道來插乾股，生意不好做啊。老闆的頭快禿了，他絕對沒有唱歌的人快樂。那張臉老實而風霜，跟卡拉OK的外貌一個樣，

小背心、小蛋黃、一模和一樣，在卡拉OK的鐵皮屋簷午睡。

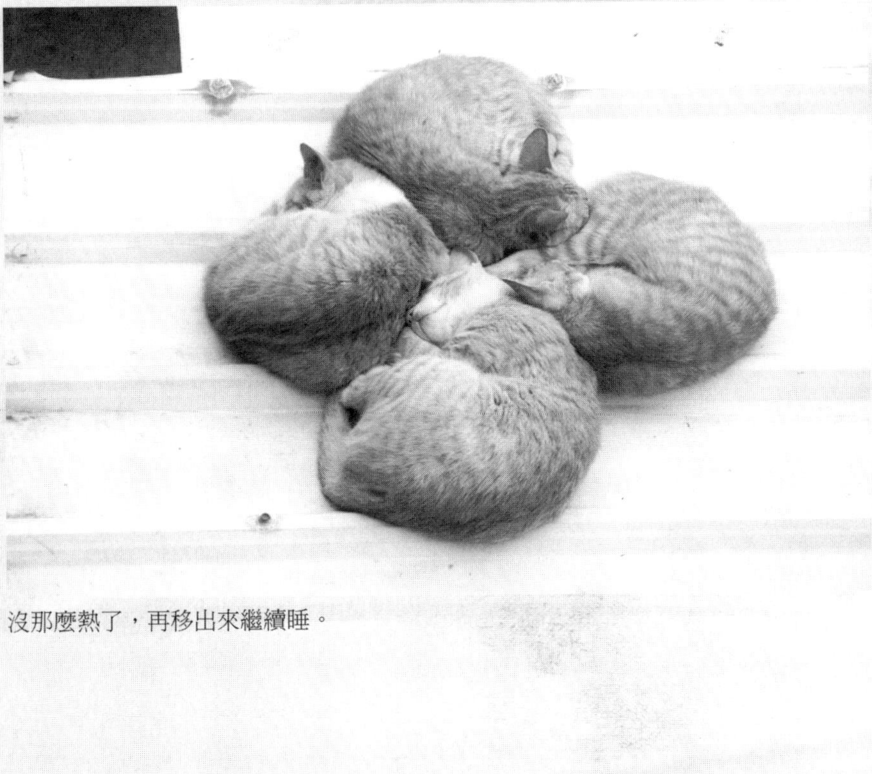

沒那麼熱了，再移出來繼續睡。

廢棄老厝，破敗，灰黯無光。

某個冬日午後，我停下手邊做過頭的工作，到廚房煮麵。兩點鐘了，天空無雲，陽光好得令我懊惱。這天氣，嘖，應該出遊才是。卡拉OK只有嘈雜的舞曲，這不奇怪，總有無歌可唱的時候。有人講話，是女人。然後啜泣，夾著壓抑的哭訴。用手機吵架啊？太貴了吧。水滾了，我把麵放下。女人開始失控，半吼半咆哮。好啦好啦。很低的男聲，在女人間斷的時刻插一兩句話。

喔，不是在講電話。

又哭了，漸漸歇斯底里。我打開電視。卡拉OK的音樂無法鎮住女人的哭泣，電視也不行。她的哭聲有點不顧一切，火焰四散。火氣洶洶衝進我家來了。我忍不住探了探頭。野桑椹和構樹之間，女人蹲在地上，一頭黃鬈髮埋在兩膝之間。矮個子微微發福的男人背對我，後腦勺在陽光下亮著黯淡的油光。他在安撫女人，卻火上加油，完全澆不熄女人的怒氣。女人厚實的背影起起伏伏，説話斷斷續續，你老婆你老婆重複了很多次。她講了一連串自己的委屈，最後，乾脆放聲大哭。男人彎著身低聲下氣，勸了又勸。背對我的低語完全被音樂覆蓋了，然而，肯定是説錯了什麼，他一勸，女人的情緒就更上來了。心痛的數落，強烈的忿怒。這樣公平嗎？

公平嗎？怎麼有你這種人啊？反反覆覆，就這兩三句。男人處在下風，有點不知所措，他摸了女人的頭一下，又是小得不能再小聲的好啦，好啦，我不是故意的。女人一聽，竟號啕起來。

我的心跳開始加速。火燒到我身邊了，那熱度有侵略性，有毀滅力。空地上一臺計程車，幾臺機車。男人是計程車司機吧。他們的祕密不再是祕密了，一個陌生人，就在他們身邊，旁觀了他們艱難的人生。跟我無關，也跟我有關。我不記得麵的味道，腦海裡只有女人的哀號。女人的哭聲占據了我的下午，無路可退的嗚咽，穿透力那麼強。整個下午，他們就在那裡，牽動我的情緒。我像個遊魂，無所事事，又滿懷心事。驚嚇的下午。

以及驚嚇的夜晚。給小傢伙倒了貓餅，準備睡覺。哀號又來了，我全身起了疙瘩。卡拉OK已經歇息，豬也睡了，靜穆的夜裡，不顧一切的淒厲叫聲像爆破，起了一個高音後持續攀高，夜被震得碎裂。從後書房望下去，街燈下，女人鬈髮凌亂飛散，邊發動機車邊撕心裂肺的哭號。她一把跨上機車，挫了一下，搖搖晃晃騎走了，騎進深沉無人的夜，留下悲愴的餘波，窗邊的我。遺落的，殘缺人生。

我遂明白了一些事。

空地上，那些開著小貨車，以及不知是第幾手車子的男女。這個年紀這樣的生活，他們開不起寶馬也沒有飆快感的慾望。父母親的人生，大概就是他們的翻版了。他們擁有一個已經定型的人生，平凡到貧乏的生活。我從來沒想過，原來，他們是需要唱歌的。所以，當我聽妹妹說父親會唱歌，詫異的程度，不下於聽到女人哭泣。

爸唱卡拉OK。你弟弟結婚的時候，他唱榕樹下。唱得很好喔，一定常唱。我握著話筒，張著嘴，卻一個字都說不出口。唱歌的後中年男人。我父親。

五個妹妹一個弟弟結婚我都沒回家，錯過的，又豈止是父親的歌聲？他只唱榕樹下嗎？我的問題天外一筆，立刻被小妹糾正。阿偉結婚呀，你要他唱情人的眼淚嗎？他可以在卡拉OK唱。我有點賭氣。突然想起父親保存著一整疊黑白照片，一群六〇年代的年輕女子。父親在外地工作，一周回家兩天。母親不在身邊，他唱卡拉OK？

我對著卡拉OK發呆。

破舊的屋頂上，野草被風狂掃著。風裡唱得掉拍的歌聲，聽來有點無力。快入夏了，我卻陷在陰晴不定的春天裡，出不來。

定稿於二〇一一年四月

昨夜你進入我的夢境

前不久傷了左手，連打字都痛，於是換右手做事。沒多久右手一併掛病號，只好投降。兩手使不得，不投降行麼？眼睜睜看著事情一件壓一件，整整一個多月的乾著急。

當廢人的感覺不太好，凡事只能看，不能動，勞碌慣了，這是大折磨。還得固定向醫生報到，復健，唉。最怕半夜偏了筋動了骨，五點多鐘被痛喊醒，痛得輾轉反側，只好咬牙躡足下床。尖銳的痛最難忍，等到診所開門，痛逼出的汗早濕了全身。

雖然有人侍候穿衣洗澡吹頭髮，我卻高興不起來。前些日子才說，寧願照顧別人，也不要別人照顧我。逞強的話說不得，這下不得不低頭。何況，好不容易盼來暑假，這麼個痛法出不了遠門，手不能用等於腳也報廢，去哪兒都費事。出門成問題，還妄想遠行？我對著火辣辣的太陽流汗痴想，每天唉唉唉，無奈又心急。有一天發狠，拿出刮痧板往痛手戳出幾個瘀。沒用。那條把我五花大綁的隱形繩可一點兒都沒鬆脱。

四肢不動，腦子倒是很忙，明知是空轉，卻停也停不下來。渴望和焦慮的強大能量轉化為夢境，那陣子腦子高速運動，到了夜晚孵出怪夢連連。在世或過世的親友，童年青春期以及現在的自己。家人，以及八竿子打不到一塊兒的人全送作堆。我的精力全用來努力做夢。在壓縮變形的時空裡，上演各種可笑的情節；場景多樣而新奇，上天下地，有時墜機有時電梯墮入地底。新房舊居重新組合，時空交錯，一轉眼，卻又在街頭茫然徘徊。總是等不到人。總是近黃昏，有雨。夢翻攪出生命被遺忘的暴力。或者，我的恐懼。

有時則無厘頭。譬如夢見芬伶請我吃大排檔，搬椅子點菜又笑又鬧，吃得正高興時卻突然醒了。醒來回想，哎呀，剛才吃什麼了那麼香？臺灣小吃吧大概。可是，在香港？這才想起芬伶該回來了，我答應去香港找她逛街吃飯玩耍。又黃牛啦。芬伶夠義氣，把我帶到香港飽餐一頓，解悶又散心。大概有點小生氣，沒請我叫得出名堂的好料。不過，出國食嘢，算是難得的美夢。雖然不知道吃了什麼，起來肚子仍然空空，好餓。

畢竟是夢啊。大部分跟食物有關的夢，都是有得看沒得吃，或是眼看食物到嘴邊，就莫名清醒。夢是一場空，這道理還不明白嗎？

我的夢會訓誡人，特別討厭，頑劣如我，總是夢了又忘。千萬別強求，學會放手。這道理我懂，可是做不到。人生沒什麼東西是非要不可的，得了一樣總要失去一樣，失去這個早晚會得到別的。摔破杯子，那就再買一個，不然，用碗盛水也不錯。

說得可容易。

夢無非空，這境界太高，說是容易做來難。我是凡人，常把夢當真。聽說我不時半夜大喊大叫被搖醒，泣不成聲叫也不應，哭夠了自然睡去。明早醒來忘得一乾二淨。夢是一場空，留給昨夜的星星和月亮。太陽一出來，如霧散去，到了夜晚，乘隙再來。

寧願把夢喊破。沒喊破的夢可慘了，憋在心裡，隔天影響心情。如果是親人死亡或災難，就更掛心。夢是脫韁野馬，夢是我的原始恐懼，壓抑情感的變形。那感覺真實而強烈，我甚至學會了用另一個夢覆蓋它。

夢醒了再睡一覺最好，悲傷會被淡忘，最可怕的是，被另一個噩夢驚醒。夢會增生繁衍，夢得死去活來，夢到極限了還再夢，把體力耗盡。噩夢摧毀我的一天，在恐懼中醒來，不想下床，不想一天的開始，日子暗沉心情沉重。

手傷好了就沒事，窗外不是陽光燦爛麼？

終於可以打理生活，做些簡單的家事，終於也可以增加久違的肌力訓練，連啞鈴都能舉了，夢卻不放過我。常常，夢把我帶到很遠很遠的地方。總是在遠行，長途跋涉的疲累。心臟跳得吃力，間或停拍，亂拍。時空錯置的荒謬感。朦朧的光影和現實疊合，非常錯亂，又似曾相識。有人入夢時老是擾動我的情感，風吹起水紋，天邊的雲瞬間塌下。

便回到現實了。醒來的世界充滿光和熱，沒有風，沒有雲，鳥聲蟬鳴鋪天蓋地。有時實在太累，意識清醒短短幾秒，只來得及動動手指瞬間，或勉強翻個身，再度陷入昏沉。原來，做夢如此耗費體力啊。

睡前於是又是求饒又祈禱，親愛的菩薩啊，請把夢帶走吧，我寧願犧牲美夢換無夢。

有一天我夢見等校車，等得心急如焚。黃昏將盡，夜色四野八方壓下。校車不來，可是回不了家的呀。家裡沒電話，母親等不到人會急死。中學校門口站著寥落的，住得較偏遠的學生，沒有平常的嬉鬧，陰沉沉一片死寂。終於來了，那望穿秋水的校車。喔，不是校車，一臺大卡車，載油棕的，布滿黃泥塵。這種卡車從小看到大，我對它沒有防禦之心。敞開的車廂上整齊的三列乘客，蹲著，身形相同，清一色灰布衣，全都兩手抱頭，臉埋兩膝。

怎麼乘客像死囚？

猶豫了一下，還是一腳跨上去。一旁的同學急急把我扯下。不要不要，我們坐下一班。這麼一遲疑，車子便顛進了蒼茫暮色，往更遠的黑夜裡駛去，留下不知怎麼回家，滿頭大汗的我。

就這樣醒了，在自家的床上。在中壢，一個絕對聞不到油棕焦香的地方。額頭濕的，心臟狂跳。突然明白，那臺偽裝的油棕卡車絕對回不了家，大概也回不到現實，所以，睡夢中過世的人，心肌梗塞或者宣稱睡眠中安詳離世的，可不可能就是這樣去了夢土？夢土和死亡如此相似，它們可是以假亂真的雙胞胎？

這個夢令我耿耿於懷，那些跟電影鏡頭類似的畫面和氛圍，卡車上的人。突然勾起埋藏許久的不快回憶。中學之後，黃昏總在焦慮和等待，校車成為我的噩夢。

等車的日子裡，我總望著天色，耗盡青春。

我的瑜伽練得很分心，動作和呼吸各行其是，腦子和情緒兩兩分離。

剛下樓的老爺一聽我急切說夢，睜大了眼，在樓梯定格。他背光，我仍然讀到他的驚嚇。驚嚇的夢做多了，我逐漸習慣。恐怖片的老套情節，女人一手端頭的畫面出現，下一幕必然有另一隻手伸出梳髮。夢嚇不著我，倒是這個倒楣的傢伙，常常被我半夜吵醒。趕快去誦經，這夢很陰。他說。我的毛孔全體豎立，都是陰人啊，上了車你就回不了家啦。他常常用國語唸廣東話，我聽慣了，立刻會心。陰人，鬼啦。我上了車你就可以領保險，再娶個太太生小孩。他立刻笑了，回我一句老生常談，我說過很多次，你活著的產值比較高嘛。

這陣子我手傷，他沒人侍候，還得兼做馬傭兼車伕，有點調適不來。

我繼續瑜伽，他拿報紙上樓，做遠紅外線能量屋，流一身大汗把驚嚇排得一乾二淨。

早餐桌上，我們各自說夢。最常聽到老爺打妖魔或殺鬼怪，他的夢有個模式，一開始被追殺，非常害怕。關鍵時刻總能反敗為勝，該殺的殺，該剁的一個也不留。最後，一定是戰無不勝，凱旋歸來。過程很驚險，結尾很圓滿。聽起來妖魔鬼怪是配角，為的是襯托英雄的神勇，讓英雄返回現實時滿臉榮光。這很有卡通喜感，不過，也太神奇而無趣，太陽光明媚了。我是另一個極端。太曲折太陰暗，總是狼狽從夢境逃出。老爺的夢對比我的，簡直天堂跟地獄。旅行時，我總要走到體能的極限，老爺稍有不適，就要立刻休息。最後我們妥協。那麼，我們的夢也該折衷一下吧！他的是陽光，我的是太陽照不到的背面。也好。有人歡喜，也總得有人愁吧。

夢最近像黑色電影，只有幾個黯淡的畫面。沒有情節，沒頭沒腦，幾個跳接的片斷之後，留下悲傷、悔恨、不捨，或者惆悵。無言而寂靜，灰濛濛的半霧場景，讓人心情低落。夢只是傾訴吧，它不需要我懂。

熱得發暈的中午，我對著神氣煥發的小葉欖仁參夢像參禪。突然一聲迅猛的撞擊撞向落地玻璃。拉開紗門，植物各就各位，陶缸裡的魚在長春藤裡優游。時間在午寢，蟬聲如雨。

福祿桐邊落葉堆裡，總算找到了那聲巨響。撞了傻的麻雀，沒有外傷，也沒骨折。我把牠捧在掌心。牠不動，也不掙扎，斜著頭看我。我只好撫貓一樣撫摸牠，說了一串安慰的話，再輕放到低矮的木架子，千萬別驚動牠的噩夢。肯定是撞擊力道太大，有點暈頭了，牠杵在芋葉和鐵線蕨之間，沒有要飛，也並不驚慌，神色茫然。

大夢初醒時，我就是這種沒弄清楚狀況的模樣吧，在現實之外，夢境之外，不知所措。

夏天的夢來來去去，大白天午睡也淩亂紛擾。中醫說夏天走心經，心火太旺，思慮過度之故。有道理。那陣子手傷胡思亂想，打開了夢之門，現在得收夢像收妖。收妖滅夢的藥叫天王補心丹，吃了進入無夢之境。

這樣可好？

祖父在農曆七月初一來到夢裡。我給他買了魚湯，各式肉品菜餚。挑好菜色，我又遲疑了。祖父好像沒喝魚湯的習慣，下廚做菜從來都是豬肉和湯品，不愛海鮮，特別愛吃豬肉，吃了長力氣可以做粗活，也可能是山芭住慣了的緣故。還是別買魚湯。不對，他已經死了呀，還吃什麼呢？這麼一驚，就醒過來了。

淩晨四點多，遊魂還在行走的天色。突然恍然大悟，七月初一了。七夕是祖父的忌日，他來提醒我。

跟你講比較有效，我彷彿聽到他這樣說。

必須追溯到上一個夢。三年多前，父親在怡保買了新房子，忙著新工作，遲遲沒有把祖先牌位安置上去。那年暑假回家第一晚，祖父跟祖母就入夢了。這很罕見，他們很少連袂出現，生前不合，死後也各走各的。兩老圍在鄉下老家的大圓桌吃飯。非常瘦小，六七歲小孩的體形。祖父說他很久沒飯吃很餓。我仔細一看，他竟然在吃麵包。生前他愛吃熱食，早餐最愛肉骨茶，沒油水浸潤之物從來不碰。他寧願吃香蕉。祖母倒是笑笑地，一句話都沒說，還是瞎子。她拿著筷子胡亂空夾，桌上根本沒菜。

一大早我給父親電話。父親有點內疚，確實很久沒祭拜老人家，久到他都忘了祖先牌位報紙包著收在儲藏室裡。唉。我火速從老家衝到新家，半個小時後，瑟縮在舊報紙的古老牌位重見天日。它的年紀比我還大，右邊那行字明顯褪色。

我問父親，從前它就這顏色嗎？他想了很久。母親也沒印象。除了我，誰去注意這種小事啊？

難怪鍾家女性一脈都不太平安。男左女右，右邊的金字悄悄的黯淡了，像是蟄伏已久，一點一點壞掉的命運。三個姑姑的中晚年多舛，或病或歿，幾個表弟表妹的人生都往幸福的背面走去。那些不幸的故事，答案都在這行褪色的字裡？

顧不了那麼多，總而言之，重新打造新的牌位，讓列祖列宗有所歸，祖父母不餓飯。

在酷熱的怡保街頭行走，進出許多間神器店，就是沒找到合適的。我不肯妥協。那種制式的現成牌位質感奇差，款式不好書法粗糙。即使祖先說沒關係，也難叫我點頭。最後輾轉託人訂製，牌位上架時，我已回到中壢多時。

難怪祖父要托夢給我，保證有效，保證辦到好。他出生在西洋情人節，在七夕離世。連父親都不知道他的陽曆生日，是我好奇意外追查，天呀，我們的西洋生日竟然只差一天。這是我們的祕密。前前世我們一定有什麼難了債未了緣，註定要讓他托夢給我。家族裡唯一相信夢，也愛記夢解夢的可憐鬼。每年兩次，我要打越洋電話提醒母親，老人家的忌日到，別忘了買炒粉和咖啡烏給阿公阿婆。每回母親都不好意思又心虛的回說，我記得，我會的。

夢的意義在此。

或許，夏日多夢，不必然是心火，不必然是多慮。夢是靈魂的密碼，我跟世界的橋梁，一種曖昧神祕的關聯。

定稿於二〇一一年九月

儀式，就是儀式

為了二月的歐洲和伊斯坦堡之旅，最近跟小妹頻頻聯絡，一點都不覺得倫敦跟臺灣相隔有多遠。

從來不知道小妹那麼重視細節。倫敦的每一項行程確認再確認，要求得鉅細靡遺，一副地頭蛇的架勢。哪天去哪坐幾點火車，在哪吃午晚飯，走哪條街看什麼風景，坐什麼交通工具，全都要事先規劃。尤其車票，她堅持先買。提早買便宜，而且老實說，阿姊，妳這麼難搞，不事先講好，妳會臭臉的。她說得很坦然，再補一句，跟妳旅行很累的啊。我也坦然接受。無所謂，被她嫌慣了已經免疫，只要別訂早上七八點出發的那種，其他的都好辦。

八點出發我得五點摸黑練瑜伽。七點嘛少說四點半起床。沒這儀式，我可是出不了門。小妹說得沒錯。這種超乎尋常的堅持，很難搞。

類似這種原則性規矩隨著年齡增加而積累，我便離所謂社交生活愈來愈遠，變成朋友口中只聞聲音的幽靈人口，一頓飯約上兩年還吃不成。一位朋友倉促離世，約了三年的飯只能來世再約，這輩子，我永遠欠他一頓。跟他說過許多次對不起對不起，不曉得他在另一個世界收不收得到我的道歉，從此以後，再不敢輕易承諾朋友。老開空頭支票讓人不安，我的理由那麼不合常情，連自己都覺得像爛藉口。

其實沒那麼不近人情，如果情非得已，我的繁文瑣律還是可以彈性調整。除了瑜伽。那是不可更改的鐵律，瑜伽是我的嗎啡。瑜伽時間除非人在飛機上，做不了全套，就在有限的空間裡做幾式過過小癮。是的，我有瑜伽癮。別人酗酒你酗運動啊，從前朋友這麼笑我。他說得一點都沒錯，我真是受夠了疼痛的折磨。自從發現瑜伽是頭痛和肩頸痠痛的剋星，絕無副作用的特效藥之後，從此無法自拔。

大概有四年多了，自從我進了瑜伽教室，就謝絕朋友的晚飯。六點以前得用餐完畢，簡單的食物，七分飽，免得食物在胃裡撐著，影響注意力。一周六天，只要瑜伽教室開門，必然有我堅持的身影。周一到周五晚上七點到八點半，周六早上九點。套句瑜伽班同學的話，真是毅力驚人哪。有時候周六還連上兩堂，連老師都說，剛才妳不是做過？乾脆住教室算了。

剛開始上課那一年，我對進教室這事近乎痴迷，連旅行都捨棄，一天沒見到老師就悵然若失。周日沒上課的日子播放老師的教學錄影帶，老老實實半點不偷懶的鍛鍊著。

當然，這是嘗到甜頭的後來說法。開始是抗拒的。進教室前內心激烈交戰。一群陌生人關進密封空間舞動，扭轉，呼吸彼此的呼吸。這跟我的運動概念完全悖離。很久以前我游泳。游泳池鑲在草地裡，夜裡仰泳可觀天象，數星星；白日賞雲賞鳥，空氣裡滿滿芬多精。打羽球雖然在體育館，吹的可是自然風。跑步攀山越嶺穿越油棕林，聽的是雀鳥的生命之歌，吸的是高濃度的負離子。哪像都市人跑步戴耳機耗損聽力，吸的是汽機車排放的廢氣，或聞著運動中心裡別人揮發的汗水味。來臺灣之後的室內泳池和師大操場，或者都市體育館裡的廝殺，都是不得已。還要再嫌，就乾脆別動了。

還有痛，以及挫敗。剛開始那幾周，僵硬肌肉釋放乳酸，逐漸伸展開來的深層痠痛。它們埋在我身體裡面不曉得多久了，如今終於慢慢浮出來。前弓的肩膀一點一點回歸原位。骨架位移之痛。斷斷續續，長達三個月。我居然奇跡似咬牙忍下，隱約看見前方有個美好身形在等我。乃有直挺的背，抬頭挺胸之姿，乃能體會先痛後快，先苦後甜。

如今回想，那完全是自我催眠的結果。瑜伽老師挺拔的身體是我的目標。一邊做一邊想，總有一天，總有一天。總有一天我會變那樣。我不要瘦弱，我要結實勻稱的肌肉，提重物腰不閃手不痛。一輩子用不到塑身衣提臀褲。抗地心引力抗衰老。健康美麗自然來。每天我帶著這樣的想像，面露笑容進教室。我拿當年讀英文和馬來文的意志力，在修整我的身體。

我是個挑老師的學生。前半年有四位老師多麼有說服力啊。四肢修長勻稱，裹在貼身衣物裡的身體，散發強大的征服力和吸引力。動作那麼簡潔有力，上起課來特別賞心悅目，特別有勁。我被征服了。偶有一兩次不得不的缺課，心裡非常不安，且失落。下回見面老師會問，上次妳沒來報到，為什麼？同學也問，喂，上次沒來呀，大家都很不習慣。這樣我就更加勤力，彷彿沒現身有負眾人期許。

嚴格說來，我上的不是正統的瑜伽課。那是混合有氧舞蹈、瑜伽和彼拉提斯的強力瑜伽，加上二十分鐘啞鈴的肌力訓練。有動有靜兼具矯正效果，正合我意。

第一次參觀這身體改造運動，隔著玻璃，我看傻了。

邊動作邊呼口號，還要跟上節拍。挺胸收腹，前縮後夾。這運動，是人做的嗎？邊跳邊收腹夾臀，除了老師，有幾個人顧得了這麼多啊？協調感不好沒有音感。錯拍。慢半拍。姿勢嘛，要不像滾水燙腳，要不僵硬可笑，絲毫沒有美感。該往東卻往西，手對腳錯，腳對手錯。肌肉沒使力，或者根本沒肌肉。大部分人就擺擺姿勢依樣畫葫蘆。

瑜伽看起來沒那麼難。我自恃柔軟度好，應該很快上手。後來發現，這想法徹底錯誤。靜下來，千頭萬緒立刻湧起，管得了身體管不了腦。形存神不在。動作熟練之後，身心更難合一，吸吐之間，雜念盤桓不去。那看來不是給人做的有氧，我倒是很快就練得有模有樣。從前運動打下的底。游泳，羽球，慢跑，我有的是持久力和爆發力。我靜不下來。靜比動更難。身心合一的境界那麼不容易。那介於存在與不存在，放空與抽離，清明的定靜狀態。後來透過打坐或誦經，我反而靠近了。

瑜伽班裡多的是各種疑難雜症。失眠。駝背。頭痛。腰痠背痛。肩頸僵硬。背肌不均衡。走路內八，或者外八。體重不重，外表卻浮浮的老像水腫。都市人的文明病，半個健康人。有些則是對身體很不滿意。水桶腰。大象腿。小腿肌肉結塊。蝴蝶袖拜拜手。彎腰手觸不到地。全身硬得像石頭。有些人上過課才赫然發現，後翹的臀其實是子宮後屈。天哪我有長短腳。

這是身體的反叛。因為我們從來不重視它，不鍛鍊它，沒有好好聽它說話。大多數人跟我一樣明知故犯，踐踏它，用得有些殘缺了，毀損了，才想到要修補。更多人苟延殘喘，把它用爛用殘，直到躺下，再也起不來為止。身體那麼複雜，我們從來沒有好好問過它，你，你還好吧？

因此給我們病痛。

我不要病，也不要痛。寧願侍候別人，也不要別人侍候我。我要健全的身體。我必得善待它。

因此絕不偷懶。

出國時絕不可少伸展帶和球。最早時我還帶瑜伽墊，那麼大一捆往不大的行李一塞，其他的能省則省，衣服寧願少帶。瑜伽墊實在太占空間，後來用酒店的毛巾代替。出門或上課時間倒數三個小時，是我的起床時間。每天早上一個半小時安撫我的身心，管他寒冬烈日，生病或出國。即使感冒半昏沉，儀式就是儀式。我仍然把該做的做完，再躺回去。

身體於是對我友善多了。感覺不到身體個別零件的存在，只有人。人的整體存在。已經兩年沒進教室，兩年來我卻自動自發，沒停過早起該做的第一件事。現在它慢慢內化成為我的本能，像呼吸，飲水。像無所不在的，空氣。

定稿於二〇〇八年二月

當秋光越過邊界

九月，豔紫荊，與風。數不清的折損的傘。這是我的元智關鍵詞。

十三年忽然就過去了。

九月開學的第一天，開車進入校園。穿過熟悉的黑板樹蔭，滑行下坡，右邊是藤蔓纏繞的教職員餐廳，以及一列翠綠繁茂，等待花期的豔紫荊。然後左轉，沿著另一段豔紫荊花道慢行，最後，在六館旁邊的鳳凰花樹下停車。

這一段，是我最熟悉的校園一隅，上課或開會前的暖身風景。

今年開學得早。為了辦那張手續煩瑣的永久居留證，悶了一個暑假沒出遠門，開學症候群有點難以收拾。初秋的陽光很囂張，瞇眼開車，懶洋洋的很沒勁，別說上學，連暖身的興致都沒。車子在光影裡一寸寸行進時，忽然迸出一個念頭，啊，竟然十三年了。

春天櫻花夏天鳳凰樹，秋天欒樹冬天豔紫荊，時間在花樹在風中，五年十年，一晃便過。匆匆竟也十三年。生個小孩都念國二了。教學生涯是這麼一種不知時間瞬間即逝的消耗，在教室會議室研究室之間，備課改作業寫論文等待寒暑假之間。常常在上課的途中恍惚，奇怪，不是才上這門課沒多久，怎麼一周又過了？幾次會議之後，一學期也靜悄悄地奔向終點。

最近又有幾個學生當媽了，第一屆最早結婚那個，小孩應該上國小了。這一陣子我三不五時總會收到新手媽媽的學生來信，當然少不了寶寶的可愛照片。感覺上，她們好像才畢業？唉，我得有心理準備，總有一天，學生跟我說她當阿嬤了，那才是真正的震撼教育。

會有這麼一天。還真希望這天永遠不來。

記得我曾問年屆七十的老師，教了四十年書，有什麼感覺？就跟四十年前一樣，不覺老之將至。老師說得雲淡風清。我不行，我是常常意識到時間的人，對老之將至非常警覺。

然而元智的快轉讓人無暇感傷，這學校很年輕才二十幾，一切都是快節奏。十三年來日子過得風風火火，時間被推擠著，溜得又快又神祕。是的，神祕。時間在這迷你校園快轉，以一種偷吃步的狡黠方式閃避了我對時間的警覺。

我的急性子對上元智的快節奏，常常過得喘不過氣。分明沒有官位在身，一天開兩三個會卻很尋常，行政職在身的同事就不得了了。把生命虛擲在會議裡，真是無奈的徒然。我寧願去散步曬太陽，或者發呆。最後，我跟沈從文學會了神遊，以及放假時的遠走。帶著自我放逐的想像，大解放大暴走的心情，遠離校園和家園。這兩者都易讓人腳底生根，讓人產生依賴和惰性，讓我又愛又怕。

有一天，大概是好日子吧，我家大鍾主任垂著眼皮說，今天七連會。說這話時已是下午三點，我們交「會」之後，她還要開個已經記不起來的什麼會。每逢這時候，我都很想把余光中老師的〈開你的大頭會〉印去廣為發放。還是菜鳥時，我確實印了一份給當時是研發長的尤克強老師。暗地裡我叫他小鬍子院長。開你的大頭會。小鬍子院長唸了好幾次，說，一定要發給大夥兒讀。他是行動派，說話快性子急，做什麼都是「立刻生效」的那類。開你的大頭會。他好像很有同感。

去年春天，他突然便遠遊了。櫻花開在樹上落在土裡，豔紫荊未謝，說走就走，立刻生效。他到天上雲遊，而我們依然趕場開大頭會，匆忙上課，冷落了圖書館前盛放的玫瑰，無視於櫻花道兀自開落的繁花。它們如此美麗，如此短暫。那是他在總務長時期種下的花樹，讓風有了顏色，校園有了分明的四季。屬於他的那棵桂冠樹，則在從前的烏龜池現在的戲綠池旁，迎著元智的風，看著師生上下課。

冬日的清冷傍晚，無人行走的安靜校園裡，呼嘯的風中彷彿有詩。中氣不足的聲音低吟著。有時錯覺那場春天的告別式是幻覺，他仍然還在，就像從前一樣，哪天又突然出現校園的某個角落，拎著兩瓶酒給我，拍拍我的肩膀，要我好好寫東西。或者說，下一本譯詩還是要你寫序呀。沒有討價還價的口氣。我已經寫了四本書序，快變成他的寫序專業戶了。我真希望可以寫第五本第六本第七本。

他其實一直都在。而時間已經跟他無關。

跟元智無關的，還有悠閒。連上五節課，邊吃晚飯邊跟學生討論問題，回家還備課改作業，根本沒想到人是血肉做的。上下午都有課，午休時間總有學生來敲門，吃飯聊天講笑話，接電話接手機，一嘴三用，完全食不知味。吃完衝到教室上課，胃裡的食物還在張牙舞爪，不過，總比開會配飯愉快得多。更年輕的時候，在研究室跟學生廝混到晚上，聽她們訴說失戀心情，看著月亮從窗邊升起。回家了還接學生的電話，滿腦子學生的事。終於有一天學生哭著說要住到我家，分手了她不想回到兩人的窩，我家好不好借住一下。

唉。年輕的學校更年輕的中語系，沒什麼傳統和包袱，連學生都想到老師家閃避風雨。老實說，當下我是大大的錯愕和驚訝。換成當年的我，別說開口，連念頭都不會有，老師根本是另一個星球的人類，那麼遙不可及。大學時，除了師大女一舍，就是寒暑假借住臺大女一舍。偶爾跟同寢室的師保生學姊回板橋。或者隨學姊一家三口回臺中鄉下。生活圈是平行的，只有同輩。跟老師說話從來只有您，沒有你。除了課業，別無其他。

時代不同了。BBS時代，學生叫我Mary。後來喊我辣妹，另一位鍾老師來了，就叫我小鍾。小鍾後面不加老師。我只是小鍾。小鍾小鍾，她們在人來人往的校園大喊，我彷彿沒把學生教好，做了虧心事般跟著大聲回應，哈囉哈囉。別人以為我們是朋友吧，應該。同時快速眼觀八方。小鍾總比辣妹少尷尬些。有個學生送來卡片，才看開頭便大笑。辣妹後面畫了四條紅通通的辣椒，小字特別註明，「大辣」。

在元智從沒想到老，好像也沒資格老。第二任系主任可愛的邱燮友老師說，他忙到沒空老。八十歲了還開車往返高速公路來元智上課。每回我想到和藹長者，那形象就是邱老師。他總是笑咪咪的，有求必應，像個聖誕老人要來發禮物。寫了詩更快樂，臉紅紅的說，昨天我又寫了一首詩。

老學校有校風，古老的中文系有系風，這兩種在元智都是進行式，或者變化中。沒什麼老傳統可循很好，那就創造吧。十三年前我來，剛創系剛開始教書，同時寫博士論文，一周十二節課，精神上卻很自在。創系主任田博元老師交代了工作就放手，他不問細節，跟邱老師一樣，是大氣的長者。那時的工作量和開會次數驚人，上學像作戰。跟學生相反，我是上課一條龍，下課一條蟲。回想起那段日子，我覺得自由。從前汪中老師說他當助教時不太上班，主要工作是寫字。常常是系主任下班經過他家，跟他說今天系裡如何。在陶淵明詩課堂上聽到這段逸事，我真是嚮往，這樣的主任真是可遇不可求啊。汪老師好詩好書法，如此際遇適得其分，顯出主任的愛才和寬容。我沒那天分，也沒遇到那年代，然而兩位老師都開明，以我的個性，如果遇到鐵血主任，註定是災難一場。幸好。

有一回朋友問，元智的特色是什麼？我說風大。大到把我研究室的百葉窗颳得嘩嘩作響，大到把我吹倒。這是真的。有一回我從一館下課，下了階梯正要往五館走，突然一陣大風從後面來。一個踉蹌，我被推下樓梯，銳利的痛從腳底衝上頭頂。我咬著牙轉頭看了一下，連個鬼影都沒有，怎麼回事？遠處有人大叫，辣妹被風吹倒了。

風奔過一館的長廊，卯足馬力推了我一把？有鬼？都不重要，痛感取代了一切。左腳及時穩住身體，沒上演親吻大地，或者校園仆街記，犧牲品是左腳踝。忍著痛撐完下午的課，到了診所，傷處已經腫成兩倍大。那晚，上下樓都要人揹。坐久了起來，鮮血往下衝，通過傷處的剎那，簡直痛得頂心頂肺。

睡前我命令腳，我沒空休息，立刻給我好起來。

隔天中午照常開車到臺北評審。沒人發現我腳傷。我穿著球鞋開車，到停車場拆下紗布，套上皮鞋。走路正常若無其事。回到中壢再去看醫生，推拿師一看那貌似正常的腳，說，這絕對不可能。

哼，算是報了風之仇，扯平。

卻也從此對元智的風有了警惕之心。在元智折損的傘就不計其數了。風大的時候，乾脆淋雨。我最討厭握著的傘骨折，更討厭因為傘被風左右而歪著走。常常聽到身旁有人絕望大叫，我的傘，我的傘又壞了。

只是傘壞了。人壞了就好不了啦，我是指身體。總有老師把校園當家園，學校的餐廳當自家飯廳，休假也天天到研究室報到，跟鐵打的一樣。每回收到教職員餐廳寄來的一周菜單，我猜想，大概有人以校園為家，不需要回家吃飯或煮飯的吧！菜單裡肉菜水果甜湯一應俱全，幾乎是自家廚房端出的規模，不，有時連自家廚房都沒那麼面面俱到，那就更不需要開伙了。有時在賣場遇到同事，我總覺得慶幸。還好，還有人知道生活是怎麼回事。這幾年大學忙著應付各種評鑑，忙著端出漂亮的表面數字，老師被支得團團轉，沒人要管什麼形而上的大學精神，那早已是理想主義者的幻影。有時不免羨慕我們的老師，從前他們是多麼從容優雅啊！

不如賞花曬太陽吧。秋天的太陽和西風，整個校園金黃透亮，校狗成群在草地午睡。此刻，校園一片安詳。當秋光越過邊界，詩人說。

定稿於二〇一一年十月

輯二 ∴ 塵埃

破夢而入

寫巴黎的文字太好太多，隨手可列出長長一串，實在沒有必要再寫，也沒有可寫的餘地了。巴黎不是我最喜歡的城市，卻去過六次。巴黎太多旅魂，我喜歡的作家不少待過巴黎，或者就住巴黎，他們總是說，來吧來吧，來巴黎。所以，我一次又一次的去，說不出明確的理由。旅行對我的意義從來不是寫作，我去了不少地方，有些待過幾次，釋放想離家的慾望再回歸日常生活，沒有留下任何文字。

雖然如此，巴黎還是有「旅館破門事件」可以一記。

每回飛歐洲，第一選擇，巴黎。連戴高樂的機場酒店也住過好幾家。即使從巴黎再轉往其他歐洲城市，也要在巴黎住上兩天。經過十四小時的飛行，在戴高樂機場著陸時，總是要打聲招呼，早安，巴黎。另一個聲音同時說，唉，怎麼又來了？有一家在貝西村的旅館甚至住過兩次，第二次去熟門熟路，連晚餐也在同一家館子，叫來跟上回同樣的餐點，吃得一模一樣。不同的是，餐點水準下降了。不會有第三次了，我很確定有違旅行要住不同旅館的原則。

是的，我喜歡旅館，特別期待跟不同的旅館相遇，旅館的擺設和風格甚至可以決定城市印象。第一次發現旅館迷人，是在巴黎。真正感受到遠走他鄉的必要，也在巴黎。

巴黎住的第一家旅館在協和廣場附近，斜對著一座旋轉木馬。旅館前一排高大的山毛櫸，葉子落盡，枝幹嶙峋，稀落的乾果在寒風中搖晃，很有冬日蕭瑟的風情。做瑜伽時就面對燈光下這排老樹，清晨五、六點，無車無人，街道還有夜色，旋轉木馬披著夜色孤立冷風中。這一幕印在我腦海，成了黑白明信片，滄桑而空靈，是我心中最動人的風景。就在這家旅館，身體一放倒就睡著，一起床就有豐盛的早餐。這個美好的開始大概有點心理作用。從此巴黎便跟夢鄉畫上等號，一個能讓人安睡的城市，肯定是值得一去再去的。

太過放鬆也不是好事，就在巴黎的貝西村，發生了「旅館破門事件」。住家遭小偷破門而入當然嚇人，可是起碼符合邏輯。旅館遭破門而入，就很戲劇性了。

那次是春末夏初，太陽明亮照人，墨鏡擋不住傍晚六點直探眼底的發亮春光。

春天的貝西公園簡直綠得發亮。數不清的禽鳥在水池裡、草叢邊遊憩，花樹和綠草色彩飽滿，風一吹軟嫩軟嫩的搖。春光彷彿是從枝葉流瀉出來的，四季分明的國家裡，植物最能昭告萬物甦醒的訊息。春光明媚啊，那煥發奔騰的能量。這麼美好騷動的下午，誰待得住室內？巴黎人好像都跑出來迎接春天，咖啡館外的座位滿滿人潮，戴墨鏡喝咖啡沐天光閒聊。大人散步，小孩亂跑。歐洲小小孩金髮碧眼，睫毛濃密鬈翹，小扇子似的眨呀眨，精緻得像洋娃娃或天使。一笑，整個世界都跟著笑了。小孩原來也是春天的。

貝西村從前是葡萄酒酒倉，改建成商店的兩排石頭房子仍保留著古老神韻，原始和粗獷的外觀讓這商業區多了點人文氣和郊野風。餐廳或商店帶著點悠閒的況味，適合散步。或許這是我喜歡巴黎的原因之一，除了高貴的物價和生活費之外，這真是個適合散步漫遊的城市，關於這點，班雅明說得夠精闢了。

貝西村小而美的老房十分溫情，爬藤在牆上留住春天的光影，地磚路嵌著運貨的古老軌道，穿高跟鞋千萬小心。這裡有一間橄欖油專賣店，我給它取名「心太軟」。臺灣的苦茶油、茶子油都是廚房少不了的好東西，微苦亞麻子油沾麵包更是我的早餐必備。這家專賣橄欖油產品，還有試吃。這滋味令人精神一振，新鮮青果的清香，圓潤回甘。好油常常給我幸福感，大概常喝茶會刮油，我的胃很愛各式油品，熱麵包抹牛油我也愛。好油還能提振精神，我吃了第二塊，又吃了第三塊。法國老闆賣弄他在北京學的半吊子中文，無心推銷商品。他忙著從iPod找歌，跟著任賢齊大唱〈心太軟〉，半瞇著眼，投入又陶醉，大概很懷念在北京的日子。吃掉半盤麵包我的心也很軟，很想不顧一切的買。還有幾個城市要飛，唉，一瓶都帶不了，只買了四罐風味迷人的松露鹽，三塊橄欖皂。回中壢之後，松露鹽總是讓我想起心太軟老闆。不做生意，他可以改行唱歌去。

就這麼散步散走了一下午。「看」這件事情，可是會耗神的。常常我納悶，吃飽睡足，怎麼隨意走走就乏了呢？體力仍在，但精神一寸寸矮下去，很想打個盹，賴一下床。色彩愈多結構愈複雜的事物越吃腦，至於博物館或美術館，都要養好精神才進場，那種地方需要的專注簡直稱得上精神格鬥了。

「旅館破門事件」發生這天，是我們抵達的第一天，十四小時的飛行之後，拖著行李沿街巷找旅館，春末的料峭溫度裡走了一個多小時走得滿身大汗。旅行時我們很堅持走路，走不到就坐地鐵或公車。

長時間的飛行加上走路，真有點透支了。

春天的陽光太溫馨，曬了一整個下午，睡意洶湧。我好像在半夢遊狀態吃晚飯，份量驚人的沙拉裡有鵝肝，我吃著灑了粗鹽的滑順鵝肝非常滿足，真想往椅子一靠，順勢滑入睡眠。然而晚上七點半的陽光多稀罕，就是捨不得。飄過幾條街道，陽光終於拖著尾巴準備離開，於是回到旅館盥洗。才靠近床，抑制不住睡意立刻朝夢鄉墜落，髮尾都來不及全乾。那狀態，準確的說法應該稱為「失去知覺」。

如果，那晚是世界的盡頭，我對「旅館破門事件」的記憶，必然只是被喚醒兩次。如果沒有被拉壞的門鎖鍊，就無法證明確實是有人試圖闖入。如果，獨自旅行，叫醒我的，肯定是那兩個日本女人。

所以，這難得的經驗應該叫旅館破「夢」事件，對吧？

不知道睡了多久，老爺急切的聲音喚我。我睜眼。他重複了好幾次，有人要進我們房間。喔，出個聲應答。本能反應。聽是聽清楚了，可是完全沒法捕捉意義。那個句子好像是說，我要睡覺了。我目送他下床，隨即墜入睡海。不知道隔了多久，他把我搖醒，我下樓跟櫃臺說一下，明天才好處理。再喔一聲，一覺到天明。他什麼時候出的門，什麼時候進來，做了什麼，我毫無知覺。大概把我搬出房門走廊放平，枕著地氈相信也照樣呼呼大睡吧。這是我完全不認識的自己。好像總要到

貝西村的五月陽光與樹影。

春光彷彿是從枝葉流瀉出來的。

塞納河畔的舊書攤，我在這裡尋寶。

旅行的時候，才會現形。睡法近乎無賴了。在尼斯的第一晚，類似的戲碼也上演過。老爺搬動行李和沙發，拉窗簾開櫃子開燈關燈，我彷彿睡在另一個星球，完全沒反應。第二天他說，你怎麼睡得那麼死？滿臉困惑。後來他習慣了太太旅行時會裝上睡眠按鈕，一碰床就睡倒。很可惜，日常生活裡，這按鈕是故障的。我也不明白，為何一到異地便立刻跟當地時間接縫，完全沒有時差問題，總是睡得死死的。

零時差卻讓我錯過了「旅館破門事件」案發的第一時間。隔天早上，那壞損的門鎖鍊說明推門的力道。這兩個日本女人的行徑有點匪夷所思。換成是我，發現房間已住人，就該找櫃臺，絕對沒有用蠻力硬開的理由，何況，一個男人站在房間裡，還想進來？她們好像聽不懂英文。老爺說。聽不懂，那總看得到人吧？你整大個人在房間裡啊！她們的卡可以開門，所以認定房間是她們的。你來我往討論假設，結論是：肯定是酒店的電腦系統出問題。至於那兩人的行為，實在無解。

我們決定直接找可以「做決定」的人，也就是旅館經理面談。

交給你處理。老爺說。德里經驗告訴他，談判這種事，還是由我出馬。先用手機把壞掉的門鎖鍊拍照存證，常被我嫌棄的手機這時候就管用了。邊吃早餐，邊在腦海裡快速演練最有說服力的說法和用辭。旅行時，我習慣喝一大壺平時不碰的黑咖啡，這是另一個陌生的我。

睡足吃飽，可以談判了。

我們很快就見到經理。溫文有禮的老先生，瘦高微駝，儒雅的氣度怎麼看都像在大學教文學的老教授。他到房間察看拉壞的鎖鍊，還幽默的說，看來是非常強壯的女人啊。我問，可有補償的方法？他開出的條件是，提供再多一晚的免費住宿，或者第二晚升級套房。我們行程早已安排好，不可能多住；升級套房，意義也不大。很實際的反問，可否免費一晚。他很乾脆，立刻說，沒問題。三個月前刷的卡已入帳，退費得等。他留了自己的名片，同時寫上負責退費主管的名字和電子信箱。我們也留下名片。還閒聊了跟談判完全無關的話題，包括我的職業，以及這次的旅程安排，對巴黎的印象等等。完全沒有德里經驗的舌戰和火藥，甚至，沒有談判的感覺。這讓我疑慮。

老實說，當時沒有全然把握這費一定退得成，就賭一把吧。

這一把可是說賭贏，也可以說沒有。回來之後等了兩個月，退費沒有下文，我寫去給老先生的信，由另一位男士回。他說我誤解了，沒有退費這回事，當時提供的補償是，免費多住一晚。我反反覆覆看了幾回，有點灰心和黯然，想起那天下午外出回來，老先生請人送來精美巧克力和卡片，隔天吃早餐時他過來餐廳打招呼，同時還在櫃臺目送我們離開，那麼熱情和誠懇。

信一擱近半年。不知道是試驗自己或是旅館，半年後，我鼓起勇氣再去信，說明將再到巴黎，想住回他們的旅館，並檢附他們上一封回信，試探「免費住宿一晚」的承諾是否還有兌現的可能？

賓果。

我覺得手氣不壞。這次又換了一位男士回信，住宿之外附早餐，免費。寒冷的二月天，我們又到巴黎，再度入住這家旅館。

定稿於二〇一四年四月

夜色漸涼

今年春天特別彆扭，早上烈日灼身著短袖，下午颳風大雨厚外套；一連數日高溫熱得吹電扇，突然一掉十幾度。偽裝的夏天說走就走，變臉比翻書還快。開始我不太相信還觀望著，薄衣撐著，實在受不了只好把洗好的冬衣翻出來。天氣就在夏冬之間跳躍，哪來的春風拂上我的臉？在臺灣住了二十二年，今年四月讓人無所適從。聊天氣突然變成朋友的主要話題。暴冷暴熱的天氣很考驗身體，市區那家有名的耳鼻喉科每回經過都擠滿人，身邊總有人戴著口罩哈啾擤鼻涕，總有人說我感冒了然後抱怨，爛天氣。

最為難的是睡眠。冬被涼被都不對，沒那麼冷，蓋不住棉被；涼被太薄，遂得外加薄毯，厚被堆床邊省得半夜又冷了。要不，就把涼加薄毯擺一邊，有幾回半夜熱醒翻出家當，夢早遠走，連個影子都沒。睡覺變得很儀式很大陣仗，被升等論文折騰得倒頭就睡的本事沒了，如今被睡眠蹂躪得很徹底，重回十幾年前垂釣睡眠的日子。

或許不能全怪天氣。

一月中從巴黎到普羅旺斯，再轉往翡冷翠時，在纏綿的義大利語裡，開始了莫名其妙的顛倒睡眠。

出國從來沒時差，能吃能睡，連坐地鐵短短十分鐘也能入夢。到巴黎那五天照例晚八朝五——八點睡凌晨五點醒，那是旅行時身體的睡眠調節——只要在旅館，我的生理時鐘就變成農民，變成祖父母，他們都是晚八朝五或晚八朝四的農業時代人。

上天賜我趴趴走的體質，為此離家總是毫不遲疑，逮到機會就走。二十二年前來臺全無鄉愁，三年之後第一次返馬，竟在自家床上失眠。家是久住不得的，遠走他鄉也行，旅行也罷，總而言之，就是要離家，拋家棄夫或棄貓棄魚都很好。無法棄夫那就帶著為夫的一起走吧，管他去哪裡管他海角天涯。

再不走，就要枯萎了。

我被那沒完沒了的論文勞作折磨得對生命起了極大的懷疑。睡得很死精神很好，心卻破了個大洞；靈魂萎縮乾澀，沒水沒光澤像沙地久曝的果核。果核活著，可是看來已死。寫論文，教課，打掃，煮飯，運動，規律生活。把心拴好，把飄忽的眼神收回，封鎖感情，當個沒血沒肉的人。做事非常有效率，心無旁騖，像機器。

生活機器，本能地活著。

有時對人事動怒，還有些詫異，咦，還像個人，還有人的氣息嘛！全神貫注做一件事沒有不好，連情感起伏都管得住，近四十歲的我才有這等本事，如果這算智慧，可是用青春抵押而來，何其不易。然而總有低潮，被論文煎熬完全沒進度，甚至後退——論點沒辦法開展，無法穿透資料，論述沒活力沒新意，打算投降。電腦前的枯坐換來頭痛，頭痛讓人心情低落。溫暖的藍天尤其讓我心痛，該去郊遊曬太陽，而不是抽象演繹，把頸椎腰椎蹂躪得左弓右彎，把活人變成活死人。所有的等都升完，身經百戰的教授早被折騰得沒了人氣，垂垂老矣。不是人老，而是心老，臉上無光無熱，神氣萎縮，只有研究室這小而黑的象牙塔是棲身之地，世界只剩電腦。這跟成日面對著遊戲機打電動的虛擬世代有什麼差別？對學術的熱誠有時全然熄滅，覺得那是個沒有光的所在，我真的要使盡力氣走進去嗎？

虛度光陰。這感覺很壞，乃陷入存在主義式的焦慮。然而，這些洶湧的感覺或

民宿的後院，翡冷翠的風格。

擁抱西恩那的天空。

情緒，全被我用意志力把它們壓到最低層。到十八層地獄去吧，抵死不讓它們入夢。我的夢土，要花開滿谷，陽光燦爛，不要烏雲不要陰雨。

遂無夢。夢說做夢豈是自由意志，豈能由你要或不要，立刻掉頭走遠。無夢的日子我是個兩眼空洞的人，每天都做白日夢，對著電腦想像虛幻的未來想像遠方。學期沒結束，立刻收拾行囊走人。管他歐洲冰封在大雪裡，對我而言，那是一片白茫茫的乾淨大地，十幾個小時的飛行時數夠遠，足夠把現實丟開。再不遠走，人都霉爛了，像陽臺的大理菊，才到我家兩周便憂鬱而死。那陣子天天濃霧陰雨，它臨死前的枯槁身形和哀傷眼神充滿警惕。那是我的倒影。

匆匆告訴母親我要遠走，她試探性的問，妳是一個人，還是兩個人去？她心裡有陰影，一聽到我要出國就問，是兩個人一起去吧？半強迫的語氣，她的意思是說，出國得兩個人，不准一個人走。她還沒從我青春期離家的陰影走出來，都二十幾年了。可憐的母親，當年肯定被女兒嚇壞了，她忘了我早沒青春可以揮霍，沒有本錢可以重演離家的戲碼。母親到現在都不了解女兒，從來沒有。她太單純。父親問，歐洲下大雪，一定要去嗎？不可以改時間？父親這麼一問，我就去意堅定。

始終不明白我在抵抗什麼。朋友說，妳該生個小孩，快，趁還來得及，那是妳跟父親和解的最好方式，有了小孩就會明白做父母的心情。我不明白身邊的這些人，他們都覺得我的生命有缺憾。欠父親一個和解，欠小孩。還有長輩乾脆明說，妳什麼都有了就少一個孩子。他們都在暗示，我是個不完整的女人，而且，還有機會變完整，或者完美，得好好把握。一定要把握。

哎，我從不要求完美。生命本來就該有遺憾和欠缺。我已經到了感謝遺憾和欠缺，垂首答謝磨難和病痛的年紀，如果可以要求，那麼，親愛的神啊，請給我更多的自由。從小到現在，甚至到老死，這都是我一輩子欲求不滿的追求。

於是到了心理距離最遙遠的歐洲。第二次到巴黎，不太陌生也不算熟，有限的法文剛好讓我卸除情緒的武裝，安心亂走。需要一個適合散步和走長路，沒人會打量我一眼的旅遊城市，成為冬日街道的一景，被人群吞沒，慢慢走。

從來習慣快步走路，快速入睡，還得睡得少而好，以便可以更快速處理做不完的事。很有效率，於是更多的事情將我掩埋。有效率是我最大的缺點。

管他的效率管他的走馬看花，當個膚淺的觀光客吧，學術太有深度太嚴肅，讓我精神衰竭。反正沒有目的地，迷路就迷到天黑，走到不能走了拖步回旅館，把力氣用盡的身體摔床上，睡到自然醒。反正有大把時間，不用煮飯做家務，沒人會給我電話，緩慢的把巴黎五日殺掉就是。

第三天卻不知怎麼曲折的走進了盧森堡公園。公園異常安靜，厚實的新雪，凍結的空氣，樹的靈魂都冬眠了，光禿的枝椏線條乾淨俐落，銳利的指向灰濛天空。跟幾隻雪地相逢的大小狗玩了一會，跟牠們的主人打過很淡的招呼。二〇年代尚未成名的海明威就在這裡餓著肚子撐過午餐時間，對大他八歲的第一任妻子赫德莉宣稱吃過午飯，而且吃得很飽。那樣貧乏的生活卻很有元氣。二十五歲，愛情和生命還有很多可能，他無法想像不很久的未來，會有第二第三，甚至第四段婚姻吧？第三次的婚姻在四十一歲，跟我同樣的年紀。

我的未來那麼安穩，觸手可及，這讓人安心，也讓人害怕。

昨夜沉睡時，大雪下在巴黎的夢裡。有一些現實的殘渣越洋而來，很快被我清理掉了。站在這裡，跟蕭瑟的冬日街景一樣乾淨，情感往內縮，原來想釋放的躁動消散。寒氣讓人清醒，多年來總是在最冷的冬日離開臺灣，去更冷的地方，憑空蒸發。臺灣黏稠的濕冷令人厭倦，像剪不斷的人際網絡，逼人逃離。

積雪很厚，寒氣逼到腳底。不知道海明威穿什麼鞋，怎麼耐得住下著雨雪，總有尿味的骯髒街道？如果不是對未來有強大希望，他能耐得住這灰濛黯沉，看不到未來的冬季嗎？如果不夠年輕，他有力氣超越眼前的煎熬？他能掙脫生命的牢籠嗎？最終他跟父親一樣，舉槍自盡了啊！

我在公園散步，一整個上午對著桀驁的枯枝發呆，終於明白海明威為何老是要躲進咖啡館和酒館。這世界太冷，誰要去思考形而上的存在問題，或者生命的意義？不如來點咖啡和酒，這兩物都讓人心生幸福和溫暖的假象。唉，沒有幻象，要怎麼說服自己活在這艱難的人世？

我不進咖啡館，只是經過。走過海明威走過無數次的穆費塔街（rue Mouffetard），在超市買酒帶回旅館，打開窗口，跟天空對飲。然後，在室內暖氣和寒氣夾殺下，在酒意的溫暖中滑入夢境。一直很喜歡旅館，以及旅館的床。那床多半潔白如雪，零時差，即使做夢，都輕盈異常，醒來即消散，如雪消融了無痕跡。

沒有牽絆，不受束縛的緣故。

午睡時間太晚，喝了酒又走長路，總是沉睡。夢醒近黃昏，臉上猶有酒意未散，就那樣抿緊棉被怔忡著，把剩下的酒全喝完，就不知道該做什麼了。窗外日與夜交接的天色那麼陌生，裹著冬衣圍巾的行人埋首疾走，時間和風景從他們和我的身邊流過，沒有從自家的沙發或床鋪轉醒時的聲氣，沒有夢痕，一時不知身在何處。

在現實和夢的交界裡。

沒想到南下阿維儂後，忽然就從攸長的夢境轉醒。阿維儂。普羅旺斯奇幻的陽光。連逼到身上的冬日寒冷都被轉化成熱和光。被陽光抹過的房舍和山野形色飽滿，那棕黃那結晶的寶藍，連松樹的灰綠都是亮的，跟赤道霧濛濛帶著灰塵和汗意的陽光不同。山和樹都在發光，線條益顯乾脆俐落。光影對比如此絕對，誰也不能覆蓋誰。打在牆上的樹影是純粹而絕對的黑。陽光不到的地方寒意欺上臉，畢竟是個位數的低溫。進入陽光的懷抱就瘋了似的，只會啊啊啊的讚歎，語言失去了意義，只剩感覺。

徹底被征服，這霸道又溫柔的陽光。穿透性極強，那麼熱烈，讓人猝不及防，把我收藏好，壓在抽屜暗處的情感全翻出來，散落一地狼藉，散出霉味。苦日子恐怕要來了，這一地散亂究竟要如何收拾，重新歸位？

每日我在街道轉悠，在冬日驕陽底下慢吞吞踩過石子路，染匠街，經過大減價的商店，買水果，午餐晚餐，街景變得很熟悉。每一頓都讓各種各樣的起司攻占我的胃。走太多路，天冷，老覺得餓，需要高熱量，很像二十五歲老處在挨餓狀態的海明威。

陽光抱得我流汗，汗捂在冬衣和帽子裡，捂出人的氣息。

就這樣開始失眠。離開阿維儂轉到翡冷翠，規律睡眠全被打亂。八點睡，凌晨兩點或一點清醒。九點睡，還是一點或兩點醒來；十點睡，醒來時間照舊，唉！

醒來，小而美的民宿一片漆黑，窗外是暗夜嚴冬。打開窗戶，撲面寒氣令人顫抖，清冷的星星在遙遠的天邊眨呀眨。被普羅旺斯陽光弄亂的情緒在暗夜裡發酵，在暖氣旁感受著刺骨的寒冷，等著近七點才有曙光的南歐早晨，等咖啡香把我喚醒。隔壁是僅容十人左右的迷你餐廳，六點左右開始有聲響，杯盤的碰撞。烤麵包和咖啡的氣味滲進來，我知道朝陽已經斜斜打在餐廳那面橘黃色的牆上，牆上的爬藤都伸手去接天光。

一天，就這樣開始了啊。

在這些老城市生活一切都貴，只有時間不值錢，用不著省，那就盡情揮霍吧。等公車，等火車，等時刻表上的大眾運輸工具令人安心，它們意外的準時，很少誤點。不像臺灣或馬來西亞的等公車經驗，多半賠了夫人又折兵，最後投降，花錢坐計程車；計程車上懊惱著被浪費掉的寶貴時間，早知道何必白等，真是的。這裡就數時間最便宜，我用得毫無節制。

從翡冷翠的民宿到山城西恩那（Seina）得轉兩趟車。近兩個小時的山路峰迴路轉，在上午的刺眼陽光中穿越葡萄園，春天還在光禿的葡萄藤裡沉睡。西恩那被陽光緊緊攬著，藍天沒有白雲，暖得發暈，聖母院散發著神的潔淨輝光。正門的狼雕像一半獻給陽光一半沒入陰影，牠俯視眾生的神情很直接，剛烈又溫柔，走到哪裡那雙說話的眼睛都跟著。這聖母院都是動物，狼，大象，獅子，龍或蛇。必然有神，神才會眾生平等，把所有生命抱在懷裡。

沒睡飽，我有淚的衝動。一直很喜歡教堂，遇見了必定進去坐一坐，許個平凡的願，身體健康或者一夜好眠之類。這聖母院讓我想在這座剛毅的小城定居，它的陽光比翡冷翠更透明，老建築線條冷硬。我問服裝店的吉普賽女郎，四季都有好太陽嗎這城？她說，噢不，冬季下雨下雪都很難過。她深長的美目望著廣場，我們都同時讚美了陽光。

夕照中時睡時醒，經過許多山中小鎮，蜿蜒迤邐回到翡冷翠，夜已冷。這麼迢遙的山路公車竟然準時，這等待一點都不煎熬。等待黑夜過去等早餐等陽光在睏乏的眉眼閃爍，這些都不難，只要時間肯往前移。

唯有睡眠。

從深冬等到初夏。睡得很亂，很零星。開始很沒志氣的懷念睡死的日子，可見清醒的活著是痛苦的。開學了，快節奏的忙亂日子沒睡好，簡直活不下去。一度我以為更年期要提早十年到，半夜總熱醒，手腳伸出棉被，疑心是熱潮紅。那是陽光後遺症，我的臉不潮也不紅，卻是睡眠不足的缺氧臉色。

意外等到死亡。春天的周末中午，接到朋友病危的消息。除了怎麼可能，我再也找不到句子可以反應情緒。好端端的一個人，怎麼可能？發傻了幾天，我感覺得到他在離開。來不及告別。醫生給他病危通知還當面給他罵了一頓，沒絲毫病態的朋友覺得這根本是一個開過頭一點也不好笑的玩笑。

無預警的告別，生命中越來越多的離別和突然。那陣子我比盧森堡公園的枯枝還要冷峻，流不出淚。睡眠走得更遠，春天如此亂無章法。夜色漸涼時，死亡伴著睡眠的焦慮一同走向我，考驗我對生命的忍耐，或者妥協。

陽光明媚的日子，我彷彿看到他微駝的身影在校園行走。櫻花玫瑰花開得那麼燦爛，他怎麼捨得？死亡躲在陽光背後，睡眠留在普羅旺斯。我會耐心等待。他欠我一個告別。告別，以及睡眠，我等著。

現代和古典的交界，阿維儂的老城牆。

樹和房子的對話，鄰近阿維儂小鎮的住家。

跟過敏一樣麻煩

雖然成長於海島，我卻不愛海鮮，尤其蝦蟹。這兩種帶殼類長得怪異，吃起來麻煩。總而言之，就是跟我不對味。出現在魚缸或水族箱變成觀賞動物時，牠們倒是很可愛。不論是半透明的小白蝦，袖珍的小紅蝦，或者象棋大的血蟹都很有喜感。

我養過小白蝦。牠們走起路來像划水，手忙腳亂不靈光，游起泳來倒是俐落而優哉，讓人看痴了易於忘憂。紅蝦壽命很短，卻特別逗，牠們不游，用竄的，彈一下，又彈一下，那抹彈來彈去的紅特別搶眼。是魚缸的焦點，牠們也喜歡攀在加熱器或濾管上，有時神隱水生植物。小螃蟹揮舞著長螯橫著走詼諧得很，像活動的笑話。摩納哥和香港的水族館裡，那些怪物般的大蟹、龍蝦跟老石斑一樣醜怪可怕，我對牠們一點興趣都沒有。

蝦蟹還是迷你一點比較討喜，活的又比死的無害。這不是廢話，是我的體驗和結論。一切得從尼斯說起。

這幾年的寒假，我大半都在比臺灣更冷的歐洲某處，出於一種假想的放逐和遠離家園的彆扭心情。究竟要離開的是哪一個家，連我都不太清楚。

已經十幾年沒返馬過年了。那蒸騰著的柏油熱氣，帶水溝味的街道，嘈雜的人聲人情，汽車揚起的塵埃，一切都令人頭痛身疲。油棕園已遠，這些街道的聲氣只有提醒我失去。我已失去家園，回家跟寄居一樣，寧可住旅店還自在些。臺灣的年則濕冷淒楚，一連八九天的灰雲壓頭的天氣令人絕望。中壢風大雨多，天色特別灰，光抵抗濕寒陰霾就耗盡我的精氣。冬天我常精神萎靡，心情沉到海底，一整天把自己埋在書堆和音樂中，手機響了也懶得接。

我想從這個世界消隱。

不要熱不要濕，耳邊不要有熟悉的中文。那就歐洲吧，首選必然是法國，出於一種自己說不上來的執拗或無理。兩年多前開始上法文課之後，到法國似乎就更理所當然了。法語不是從小聽大的語言，我跟它不熟，這是我不成理由的理由。

必然會到巴黎。一去再去。我只認得冬天的巴黎。巴黎地鐵的尿味和流浪漢，巴黎街道處處狗尿或狗屎的新舊遺跡。巴黎的深冬風寒刺骨，地鐵站刮臉的風滿布百年塵灰，充滿歷史的油垢，絲毫沒有花都的浪漫香氣。下雪的濕滑街道逼人困守旅舍。從巴黎回來，拖行過巴黎街道和地鐵的行李都有尿臊味。這些都無損。骯髒的巴黎自有迷人風華，我是一個喜歡陌生城市，睡旅館便睡得安穩的人。雖然巴黎已經不算陌生了，到尼斯因為必得跟巴黎打招呼而暗自高興。這種喜好跟討厭蝦蟹一樣偏執無理。

往尼斯得從巴黎西南的歐利機場起飛，戴高樂機場在巴黎東北方。飛了十三個小時之後，得坐一個半小時的地鐵，換三次車，穿越整個清晨的巴黎，才到得了歐利。腳才著陸，便得遁入髒污的地鐵，在地底不辨日夜穿行。有那麼幾段跟巴黎街景的照面，跟晴天的巴黎打了招呼。冬日的暖陽很輕，像一床鬆軟的羽絨被，罩在身上帶著涼意。這情景讓我一下忘了尿臊味，想到西蒙．波娃和海明威，我有改變行程的衝動。

蔚藍海岸的陽光在呼喚我呢，別眷戀巴黎飄忽的陽光吧。何況，西蒙波娃和沙特也喜歡號稱一年有三百天的陽光的聖保羅。

當時剛跟海明威在巴黎結識的費滋傑羅，寫作和婚姻都遇到瓶頸，他帶著太太到蔚藍海岸東邊，靠義大利一帶叫里耶維拉（riviéra）的地區旅遊。我很好奇究竟他們到了里耶維拉哪一個城市。海明威提到有一年費滋傑羅跟太太去了蔚藍海岸的安提布（Antibes），回到巴黎後仍然不快樂。酗酒。夫妻相互猜忌。海明威的觀察是，費的太太嫉妒他的寫作，因此跟男人調情，老是灌費喝酒，讓費分心。這女人缺乏安全感，只會用復仇的極端方式索求更多的愛，結果是兩人一起受苦。費滋羅傑因此情感和靈感兩邊都沒著落。

顯然陽光海水給人形體的愉悅，卻未必治得了人生的宿命，或者形而上的癮疾。費滋傑羅被太太嫌棄生殖器太小，為此他沮喪不已要海明威幫他驗明正身。這可憐的男人不明白那只是藉口，真正的問題遠比生殖器大小複雜多了。他的太太顯然遠比寫小說的費滋傑羅曲折，了解男人甚於費滋傑羅了解女人，這個精明的狠角色或許應該把折磨丈夫的能耐和長才拿來寫小說。小說單純感情生活也單純的費滋傑羅，哪裡是她的對手？這些美國人跑來一〇年代迷人的巴黎，仍然解決不了無聊，或者無趣和無奈，一切跟活著，跟人生的荒蕪有關的課題。

安提布不在我的行程裡。繞了半個地球跑到蔚藍海岸，我也沒指望好天氣能解決我想逃避的問題。我甚至不知道自己真正的問題是什麼。青春期的出走跟家的桎梏有關，而現在捆綁我的，究竟是什麼？

出於直覺，我要到一個有陽光的地方，不是赤道，跟法語有關，那，那就蔚藍海岸吧。

我的問題絕對不比費滋傑羅簡單。

關於蔚藍海岸，我對它的想像就跟天上的雲一樣縹緲浪漫。這或許也是一般人對蔚藍海岸的想像，至少法文班的同學們一聽蔚藍海岸，都一臉神往，哎呀，那個陽光明媚的人間天堂。可見臺北的天氣有多「乞人憎」啊。有一回老師要我們說說自己心目中的理想居住城市，首選果然是陽光與海水的代言人蔚藍海岸。大家都覺得巴黎迷人，可是，迷人的巴黎陰晴不定又濕冷，哪裡比得上陽光飛舞總是笑著的永遠年輕的蔚藍海岸？它是無齡的，充滿熱和光，奔放和自由。它是美好飛揚的代名詞。

蔚藍海岸有十幾個城市，然而並不是所有城市都有海水，至少聖保羅就是個靜謐精緻的藝術山城，夏卡爾就葬在那裡。我們用一歐元，從尼斯坐了一個多小時的公車繞上山，在公車上遠遠看到一個小城一點一點在樹林間露出，一種非常內斂幽微的遺世而獨立。聖保羅讓我想起義大利的西恩那，一樣是山城，西恩那的剛毅更吸引我。

方程式大賽看了無數次的摩納哥倒是沒預期中的迷人。那些沿著海灣的，布滿豪華遊艇的很難超車的賽道，走起來還是挺無聊。摩納哥大賽多半缺乏變化，排位賽通常大勢底定，車神舒馬克也難飆出大驚喜。冬天的香水之城葛拉斯沒見到盛放的玫瑰，倒是坐錯了相反方向的火車，意外先到了坎城。沒有明星的坎城走起來很普通，還是尼斯的海鮮湯讓人畢生難忘。

是的，我要用「畢生難忘」來形容海鮮給我的大驚嚇。南法赤裸的陽光和天使灣的海水養出來的蝦蟹，果然威力驚人。

從小討厭蝦蟹的腥味，蝦頭更是頭號天敵。在餐盤上牠們可以全身而退。可是若隱身暗處，譬如熬成湯底，無以數計的蝦頭功成身退，湯以番茄濃湯或蔬菜海鮮湯的名目出現，幾隻蛤蜊幾段花枝加上一點小魚，幾撮迷人的香草，如此這般移花接木之後，最易讓我失去警惕之心而橫生慘劇。

原是極為普通的一頓適時午飯。那天下午剛到尼斯，喔，竟然在下雨。坐了兩趟飛機，又是地鐵又是計程車，胃都磨扁了。老城區走了大半天，餐館早已打烊，沒人沒太陽，雨下得大又急，路上一片冷清。餓又累，便在海邊隨意找了一家館子，很自然點了海鮮湯。兩年前在馬賽喝的那盤好滋味，修正了髒亂邪氣的負面馬賽印象。一樣的紅色番茄湯底，湯很鮮。反正餓了什麼都好吃。喝完湯又吃下整盤炸小魚炸墨魚圈炸薯條，一海碗沙拉。腳步沉沉的走回旅館，準備洗完澡睡個地老天荒。

這澡卻洗得好癢。往鏡子一照，臉上脖子上紅紅的一丘一丘這是什麼？越搔越紅越癢，那疹塊快速繁殖與分裂，像蛇皮一樣，沒多久便纏繞上半身。

啊，過敏。這恍如隔世的宿疾。上一次慘痛教訓是十幾年前在怡保。除夕，罪魁禍首是兩個大蝦頭，一時大意的下場。馬來西亞的好處是，華人醫生吃團圓飯去了，可以找印度醫生看病。

可是，在尼斯？我很猶豫。有人警告過我，這疹子長滿呼吸道會窒息。我沒心思辨真假，那來勢洶洶的癢和紅態勢嚇人，除了看病似乎也沒別的選擇。老爺嘆一口氣，這下破財了。櫃臺的服務生建議我直接去醫院，小診所不太可靠。聖荷斯，尼斯大學附設醫院。服務生很慎重的跟計程車司機交代妥當，十幾分鐘後，司機直接把車停到急診室入口。

幾個年輕的護士像實習生，看到外星人一樣把我團團圍住，七嘴八舌問我從哪

號稱有三百六十天陽光的聖保羅山城。

尼斯的藍天。

兒來，怎麼了，哪裡不舒服。很少東方人出現在這裡，他們說。一位小夥子秀出手機，螢幕竟然出現簡體字。您好嗎？您哪裡不舒服？看到我一臉詫異，他一臉得意相。唯一的護士小姐小臉大眼，個子小巧，高中生模樣，拍拍病床要我上去。她拿出病歷表寫下症狀，一邊閒聊，再把個人資料綁在手腕上。另外幾個小夥子也來插嘴觀賞，比手劃腳還跟印度人一樣邊討論邊搖頭，飛快的飆著法語，嬉笑打鬧樂得很。這裡離義大利近，他們輪廓深，個性也開朗外向愛聊天，像義大利人。這些人英語實在不靈光，我用半生不熟的法語混著英語，很怕一臉稚氣的小姑娘把我的病情寫錯了。大概是海鮮過敏，我也比手劃腳比蝦子比螃蟹。他們笑成一團。小夥子手腳俐落，病歷寫完立刻就要把我推去了。我嚇了一跳。不不不，我可以自己走。不，他們很堅持，一定要，請你。

因為是急診，所以要有急診的迫切樣子？我不明白也很抗拒，過敏而已，要躺著進去啊，這什麼規矩。況且這麼一折騰，癢和灼熱感也漸漸退去，憑我的直覺，高峰已過應無大礙。不必掛號，也沒要看護照，只留下英文姓名，臺灣地址和手機號碼，這過度簡化的開頭讓人很沒安全感。我想抽身，天知道這醫療費用要多少？

我該堅持自己的直覺，不該放任好奇。

小夥子怕我跑掉似的火速把我往內推，老爺被他們擋在外頭，你不能進去，只有病人。我就那樣坐著，以一種半推半就的姿勢被送進未知。不知道為什麼，我想起馬奎斯的小說〈我只是來借個電話〉。瑪麗亞租來的車子在大雨中拋錨，她想借個電話通知丈夫自己來不及到家。只是借個電話，這突來的小意外卻讓她意外闖入精神病院，人生戲劇性翻轉，從此成為精神病患。這小說給讀者最大的驚嚇是，無數被我們視為芝麻小事的生命插曲，都埋伏著無法預見的大扭轉，大岔路，回不了頭。不是所有的事情都有預兆。不是所有的死亡都可以預知。更何況，還有比死更壞的，生不如死的狀況。

我只是皮膚過敏。旅行中的小意外而已。

男護士把我推進去，見我四下張望，還刻意放慢速度。他並不堅持我得躺著，我坐得直挺挺，兩手抓床兩腳懸空，就那麼以到此一遊的方式給推了進去。我記下醫院的動線，想找機會逃走。沿途都有人打量我，一個坐在病床上的東方人。我可以讀出他們寫滿問號的眼神。我們是彼此的風景。

這一路上我都在回想〈我只是來借個電話〉。小說的十二個主角都是流落歐洲的拉丁美洲人，書名就叫《異鄉客》。

幾個轉彎之後，我錯覺自己被送進菜市場。急診室怎麼看都不急，亂嘈嘈熱哄哄的。病人跟病人隔床聊天，護士也在聊。醫生從問診室出來也順道跟護士哈啦幾句。這些醫生全都很年輕大概二十幾，醫學院的學生吧。兩三個病人在病床上大呼小叫，沒醫生沒護士上前關切。八九個看診小間外擠滿病床。吵。亂。我被塞到一個看診間外，小子腳底抹油似的快閃了。

除了等，別無他法。

角落躺一個銀髮老太太，從我進來，呼先生叫小姐沒停過。她就那麼先生和小姐輪流喊著，漸漸帶哭腔，變成哀號。先生小姐走來走去，或聊天或翻病歷，就是沒人要理她，也沒醫生走過去。那些打量我的人可是對她一點也不好奇。她離我很近，叫聲浸透了哀求和難過，讓我都想下床去一看究竟。很快就被推進了看診小間，門沒拉緊，那帶著撕裂的哭號讓我倍受干擾也很困擾。這是怎麼了？老太太這般哭鬧沒人當一回事。

過敏褪得差不多，要不到水喝，只好接自來水止渴。醫生遲遲沒來。倒是外頭的鬧劇終於畫下句點了。只聽到一個男聲高分貝埋怨，一大串法文中，我聽到尿床。老太太尿褲子了。

沒人理她，不尿床尿哪兒呀？多虧前幾堂法文課剛學了尿尿這個詞，真相大白。老師用的是小狗隨意尿尿，得好好管教的例子。

等得睡意都爬上眼皮了。拉門忽然開了，時間停了。醫生大概沒料到是東方人，我也沒料到醫生那麼年輕。雙方很快就收起了意外。然而，我的天，這笑容燦爛的醫生英文不太好。問診的過程雞同鴨講，我的法文還沒好到把來龍去脈交代清楚的地步。唉，只好英法夾雜，又來比手劃腳。比劃不出來的，我聳肩他抓頭，病歷還是寫下去了。除了臉跟手，還有哪兒？我指背部。脫衣服。他說，這句英語倒是說得很正。我把毛衣脫下。他看了幾眼用手去碰疹塊，低頭寫字。還有哪裡？腿有嗎？沒有。即使有，我也會說沒。其實我想走了。

他笑容燦爛的出去沒多久，護士進來打點滴。我看看手錶，四點多。從進來到打上點滴，兩個小時。這什麼急診？護士跟我微笑，自顧自說起法文。不說法語的外國人是不上醫院的嗎？臺灣忙著國際化，這些人逆向操作的在地化可厲害了。想請護士給老爺捎個訊息都不行，就只能乾著急。我告訴自己，瑪麗亞若非執著借電話打給丈夫，就不會誤入精神病院了。別急，先睡個午覺吧。

沒想到老爺倒機靈，點滴打不到一半竟笑嘻嘻出現了。我很聰明的嘛，我一定會想辦法找到你的。他一進來，探過我兩次的醫生就不再來了，很快我就被請出病房。苦難總要結束了吧。點滴好不容易打完，竟沒有一個醫生或護士肯拔針頭。負責我的醫生六點換班。接手的醫生露個臉就走了，我要他拔針，他說這是護士的工作。護士一會兒就來，他說。一會兒。又過了一個鐘。

血回滲到管子了。前後攔了七、八個人，每個都說等一下，要不就說沒空。他們走來走去很忙，忙聊天，就是不願意工作。這些人真愛講話啊！巴黎安靜多了。七點多，足足急診了五個多鐘頭。有個喝醉的女人滿身酒氣鬼吼鬼叫被推進來，陪她的男人一臉無奈，不斷重複對不起。喔，醉酒也能急診？

我真後悔沒賭一把。因為恐懼，才參與了這場莫名其妙的鬧劇。借電話的女人就錯在急於一時，讓丈夫等一等有什麼要緊呢？最終，她還不是失去了丈夫，且失去了原以為一帆風順的幸福人生？

稚氣小姑娘奇蹟似的出現了。我攔下她，幾乎哀求了。她一臉抱歉，馬上來。還真是轉個身就來了。她真是尼斯的奇蹟。他們就是這樣，對不起對不起。她邊拔針邊指引老爺到櫃臺拿「文件」。沒收費。來不及訝異，警衛在趕人了。急診部竟有關門時間。我們連廁所顧不得上就衝出醫院。如果關門前沒人理我，說不定，我得掛著空點滴瓶等到天明。

這是可能的。

冬夜的尼斯街道冷得格外安詳而平靜。雨停了，我有劫後餘生之感。轉身回望醫院，慶幸災難終於在我背後。過敏不是大災難，真正折磨人的是看不到盡頭的，漫長的等待。蔚藍海岸的陽光太美海水太湛藍吧，養出讓我歎為觀止的散亂隨興。

離開尼斯時，計程車司機跟我說，他們覺得自己是義大利人，不是法國人。我同意，親自領教過了。司機的法語帶有濃厚的捲舌音，邊開車邊從後視鏡看我，講話時眼睛發光。他們確實愛聊天，喜怒形於色，跟義大利人比較像。我說前年去過馬賽，他立刻給我一張不以為然的臉，我不喜歡馬賽。為什麼？他又看後視鏡，我們的足球輸給馬賽。我心情好，立刻說，同意同意，尼斯比馬賽漂亮。他笑了，下車時沒收行李費，只差沒給我大擁抱。

還是習慣巴黎給人的異鄉感，冷淡和距離。

帶著小護士說的「文件」在羅馬跟小妹和妹夫會合。文件總共三張，完全沒提看診費用或付費方式，在倫敦住了兩年的小妹斬釘截鐵說，不可能。又說，醫生看了你的背，免錢。

並非如此。三個月後我終於收到帳單，還好，四十八點二八歐元，兩千多臺幣。我不理解這些南法人，當場結清就省了一件事。我可是遠在天邊，若真要無賴不繳，他們能奈我何。何況外匯付款，手續費得要算好，只能多付不能少給，一次到位，保證全額付清。我預知這匯款手續必定是磨人耐性的大麻煩。

某個夏日午後終於決定了結跟尼斯的糾葛。只有一家銀行處理這項業務。也就罷了。如我所料，前後耗時兩個多小時，辦事小姐說這是她頭一次處理這種事，每一個細節都要請示再請示上級。她可是嚴謹得讓我頭暈。

還沒完。午後一場又急又猛的西北雨，中壢淹水。排水溝滿溢的污水四處流竄，行人狼狽奔逃。踩著髒水走回車子，球鞋牛仔褲全濕。蔚藍海岸的旅行，這才真正來到它的終點。捏著匯款水單，我並不想念蔚藍海岸，卻想起赤道凶猛的熱，乾脆的午後雷陣雨。雨後天空浮幾朵雲，天光雲影倒映積水，空氣散著悶熱的腥燥氣。

哎，人生跟過敏一樣麻煩。

定稿於二〇一二年九月

地鐵與黑麵包

從簽證開始，我就有預感，這趟聖彼得堡之行肯定有得磨的。

上網填申請表。如此龜毛的注意事項和身家調查，還得一口氣填完立馬印出。不能儲存，不能中斷。下樓喝個水，頁面就跳掉了，一切重來。吃了三兩回虧就知道要快，廣東話不是說了嗎？走得快好世界，填得快也好世界。誰料到填畢好世界沒出現，倒意外迸出奇怪的條件，請檢附觀光邀請函和飯店確認正本。

觀光還要邀請函？

很快我就領悟那是什麼了。果然是共產國家。共產國家骨子裡其實最資本主義，說穿了，就是付錢辦事，變相加錢。在旅行社上班的朋友說，去跟旅館要。寫信去旅館，回信也很乾脆，沒問題，國際快遞寄來。邀請函要價不算貴，六、七百吧，貴的是快遞，近兩千。共產國家處處都往錢看。旅館收了錢當然不共產，信回得快辦事也乾脆，效率挺好。

我錯了。一到機場，立刻又長了見識。

機場是窗口，機場的效率和辦事人員的態度表情幾乎是國情指標。聖彼得堡機場出乎意料的小，大約怡保機場的規模吧，怎麼看都是國內航線級的。這國家肯定不太歡迎外人。申請三天，簽證下來就三天。這麼沒人情味的國家，誰願意在這冷漠的國家滯留？獨一無二的史諾登啦，這人是為了活命尋求政治庇護的。

海關的氣氛肅穆，沒有遊玩或歸國的歡樂，沒有通關的熱鬧或喧嚷，讓人神經緊張。我怎麼會把這裡當成旅行的句點，來個反高潮呢？從巴黎、蘇黎世、弗萊堡到海德堡，坐火車過一城又一城，春天的長葉子的歐洲。開花的有顏色的歐洲，春天的歐洲那麼歡騰。春天的歐洲跳著輕快迴旋的圓舞曲，跳到天涯海角的聖彼得堡，便再輕快不下去。已經快到永晝的五月底，這個藝術之都的冬天彷彿沒過完，人們的臉上還穿著冬衣。

果然是警察國家。每一個旅客都被反覆的打量，鉅細靡遺的盤查。每一個人都很可疑。旅客不多，隊伍也不長，通關卻緩慢異常。熱帶國家的效率不彰讓人放鬆，這寒帶國家的慢則是高度的防備。我算過，平均一個人超過五分鐘以上。肯定不是好預兆。

輕鬆的海關也不見得沒事。有一次從伊斯坦堡出境往倫敦，眼看班機要起飛，海關就是不放人。他們拿著我的護照，看我；看護照再看我，來回數次。打電話，海關人員進進出出，打量我，討論。就是不問我任何問題。出了什麼狀況？我已經作了最壞打算。沒想到最後一刻竟然放行。百米衝刺穿過候機室奔進飛機，整架飛機的乘客都在瞪我。飛行中我把前後細節兜攏，終於大致明白，以他們的西方標準，四十歲的人該有四十歲的樣子，他們懷疑我用假護照，費了許多工夫，終於證明他們的刻板印象有待修訂。

這事一講就失焦。毒舌的妹妹反嗆，我了解我完全了解，你不要太驕傲。

聖彼得堡的海關不知道要給我什麼難忘的體會。

終於輪到我了。是個年輕人，他把護照從頭到尾翻過，沒看出什麼問題吧大概，又從尾到頭再倒翻一次。你是非要找出問題才甘心嗎？我的無聲問話在心裡反覆，視線沒離開過他。

這人的眉眼鼻嘴都很有紀律，五官動也不動。他看我跟看護照時，連最細微的表情變化都沒有，我可能等同於護照殼或箱子。沒感情沒表情，像機器人，適合當殺手。他的臉像鍍了極冷極硬的防護層，或者鈦金屬，扔個叉子到他臉上恐怕也會反彈落地鏗鏘。很想跟他聊一聊，看他臉上有表情會是什麼模樣。找不到話頭，也有點擔心他真從我的護照找出什麼瑕疵。一邊慶幸上次從印度回來後，立刻把貼錯的印度簽證處理過，要不，這回肯定原機遣返。那一頁頁被放大檢查的護照。萬一，那上頭有撕過重貼的細微痕跡……

史上最長最安靜的通關。護照終於到我手上時，臉上依然是那款一〇一號標準表情。當然也可以說，沒有表情。我歪著頭跟他微笑，刻意提高聲調，非常謝謝。他眨了眨眼，顯然有點意外，啊，終於，這人終於出現第二號表情。

很快的我就遇到有表情的公務員。站在機場大門的迎賓小姐，脖子上繫著絲巾，模特兒等級的身材。她臉上始終保持微笑，人工的制式微笑。一樣沒熱情沒感情，像個活動人偶。她也只有一號表情。應該是客服人員吧，然而她盡可能避免與旅客發生眼神接觸，而且做得很熟練很有技巧。這招有效，她就避開了像我這樣明明需要幫忙，卻穿透她心思的人。

這機場的真人版俄羅斯娃娃實在不討喜。人偶可愛多了。我的書架上有一組，五個一字排開。大的裝小的，一個套一個，五個可以變一個。我原來怕這些人模人樣的玩偶，總覺得五官齊備的臉有人氣，尤其怕半夜撞見，她們好像真的會眨眼抬手動起來。俄羅斯娃娃乍看很像木乃伊，雖然顏色豔紅很喜氣，笑咪咪喜洋洋的，但是，人偶，這禮收是不收？俄羅斯學生阿希亞送的，她長得嬌小秀氣，像俄羅斯娃娃，總是笑咪咪的。木娃娃做工精巧，釉色上得細膩乾淨。我把阿希亞的笑容投射到人偶上，她們就這樣登堂入室，還一次五個吶。

縱然一個俄文字都不認識，還是拖著行李出了機場。我就是不要跟偽俄羅斯娃娃打交道。

這下真有舉目無親的茫然。北國的春天十五度上下，冬寒未盡。人冷，天也冷。

聽說聖彼得堡的計程車漫天開價，有人坐了八千臺幣還到不了旅館，嚇得半路下車。我們打定主意，反正，無論如何，千萬不能坐計程車。事先規劃過的行程是坐十三號公車，轉地鐵，八站後再轉第二趟公車。旅館在涅瓦河入海口，如果坐計程車，半小時便到了。然而此刻，在心靈的感覺上，它就是天涯海角，到不了的遠方。下午三點，離天黑十點半足足有七個小時。

七個小時，足夠我們慢慢摸索，或者，慢慢磨。

聖彼得堡開闊的大街，很有帝國氣派。

聖彼得堡大學的圖書館長廊。

聖彼得堡晚上十點，天色近黃昏。

我嘆了一口氣，開始張望。

已經習慣把地圖放在嘴上，走到哪問到哪，路是問出來的，不恥下問嘛。相較行走過的歐洲城市，特別是友善的弗萊堡和海德堡，眼前這個堡還真是嚴肅得難以親近。他們不是喧譁的民族，話不多，對人尤其沒什麼興趣。我們是這趟旅行中唯一的東方臉孔，沒有人多看我們一眼，跟印度獲得的高度關注全然相反。

即便在公車上。都是當地人，車裡靜悄悄的，大家都看著窗外。俄羅斯第二大城竟然很空曠，建築物不高，天際線特別遠，八線道的馬路開闊，呼嘯而過的車子，是唯一的激情，行人相較之下真是太少了。它不是那種有著全球化風貌的現代化大城，一點都不熱鬧。甚至內斂而低調，路上沒小販攤沒人潮，沒人大聲聊天談笑，過度的紀律令人緊張。柴可夫斯基、普希金、納博可夫、杜斯妥也夫斯基，這些名字跟眼前的城，是一種多麼極端的反差關係。我很難想像孕育這些作家的城如此。或者，他們因此把熱情的熔岩全壓縮到創作裡？喋血大教堂、冬宮夏宮誇張而華麗的色彩，以及過度的修飾，是人們內心的投射，現實和心靈的反差？

我們拖著寶藍色大行李，很顯眼也很誇張的上了十三號公車，一路上東張西望。在車裡，我們跟空氣一樣，沒有人露出「需要幫忙嗎」的表情，完全不好奇的民族。我覺得自由，又有點失落。

還好不是菜鳥，問路吧。第一守則，保持笑容，不論對方露出什麼表情和神情，微笑為上策。這招很管用，通行多年而無阻。然而在這語言不通的城市，這招也失效了。無所謂，英語用不上，那麼，古狗大神給的俄文地址？跟一位看起來友善的女士英語俄語比畫了一陣。她講了一串音調鏗鏘的俄文，連沙帶石的發音，表情亦如石，任憑我怎麼微笑都穿不透。到了地鐵站，她頭也不回的走了，也不等謝謝。

酷。我望著她直挺的背影，不由得迸出這個被用濫的詞。那種民族性的剛毅打從內裡透出來，就不是裝時髦或偽時尚，連靈魂都是酷的。如果有靈魂。

地鐵也酷。

地下空間令人恐懼，尤其是巴黎的地鐵，總是讓我有怪獸隨時出沒的錯覺。然而聖彼得堡卻讓我震懾。真正的酷就應該有這種撼人的力量。十幾層樓高的地鐵，拱形屋頂，圓筒形燈管豎立扶手邊，銀亮潔淨的手扶梯斜斜地往地心滑落，四周一片燈火通明，一片安靜。一切都固若磐石，連燈光都散發剛硬的力量。

聽說死亡之前會通過一條白亮的時光通道，也許就像這樣吧，所有擦身而過的身影都靜立而模糊，感覺很漫長其實很短暫。就在那幾分鐘，過世的親人一一在我腦海快速放映，如果回頭。我想回頭。

最可笑的是，這時候我還想拍照。如果真的死了，拍照做什麼？

可笑的執著。照片倒是拍成了。不，也不算成，光線太刺眼，白茫茫一片，人和物都散發著光暈，像幻影，彷彿那裡頭有無以數計的生靈拒絕存證。如果戰爭，這是最安全的防空洞。只會餓死，不會被炸死。二戰時，希特勒的軍隊遭到軍民三年頑抗，最終仍然下不了這城，這場戰役成了希特勒的致命傷。鋼鐵般的意志也拿來建地鐵，深邃。內斂。剛毅。線條簡潔。他們把民族性烙印在地鐵上，不只堅固剛強，而且乾淨有序。

一如這城的名字。

聖彼得堡這名字顯得嚴肅，列寧格勒則斬釘截鐵，無論哪一個名字，它的氣質都如此陽剛，連黑麵包都是硬的，帶酸，味道和口感一點都不討好。連食物都要磨人。

跟黑麵包的初遇在海德堡。老爺第一口咬下時，大喊，什麼怪味道。不僅眉皺，連鼻子也皺了，再也不肯碰這有個性的食物，餿掉了，他說。不知道為什麼，我想起我們家附近的農舍煮豬食飄來的餿水味。從前祖母釀黃酒時，糯米拌上酵母餅，沒多久房子裡飄散著帶酸的氣味。那熟悉的氣味穿越時光隧道，從赤道來到北國。黑麵包的餿味大概來自酵母，吃到嘴裡散發質樸的食物原味，咬久了還提神醒腦，一塊可以吃很久，適合磨時間。麵包磨我，我拿來磨時間。反正旅行時，時間不值錢。從海德堡回巴黎的火車上，翻開閱讀許多次的《流動的饗宴》，海明威擲地有聲的精悍英文，配黑麵包，硬碰硬，連靈魂都要立正唱軍歌了。聖彼得堡的黑麵包更扎實，吃到身體裡化為精氣神，這民族遂有一種與主食同樣挺拔的氣質。

也不盡然。

有一回坐公車，車開了好久，剪票員才慢慢來到身邊。這人好像剛從酒池爬起來，寬大的灰敗衣服和長鬈頭髮都塌陷濕黏，酒氣從他的身體的每一個毛孔鑽出來，濃烈嗆鼻，連聞了都有醉意，肯定是灌了伏特加。他安靜的收錢給票，拖著腳步坐在我們斜後方。一車木然的乘客。我習慣了這冷漠，一路偷偷打量這宿醉的剪票員。他很年輕，不過三十吧，高大的身形，就那麼低著頭，眼睛垂下，卻坐得直挺挺。他很悲傷。我忘不了那混合著無望的悲傷。

這一刻，聖彼得堡忽然真實起來。公園裡那些偶然踢到的酒瓶，馬力踩足半夜狂嘯而過的引擎，跟這宿醉的剪票員，為我說了這城這民族的另一種故事。滿街開名車大車的女人，從共產馳入資本主義，又是另一個跟地鐵與黑麵包背道而馳的故事。

定稿於二〇一三年十月

伊斯坦堡的呼愁

在牙醫診所的電視看到一個熟悉畫面。咦，那不是伊斯坦堡？瞬間閃過的街景，看來像新城區某條街道。這裡我去過，立刻跟護士小姐指了指。好玩嗎？護士小姐探頭張望，反射性的問。我想了想，算是。

其實我想答，很難說。心裡另一個聲音在喊，哼，騙子之城。

騙子。在這個高度商業化的旅遊城市，到處隱藏著騙人的把戲。被騙的強烈感覺成了這個城市的總體印象。當然，被騙也可以是好玩的一種，花錢買被騙的經驗，總比無聊的倫敦好玩。倫敦實在太安穩太有禮貌，適合養老，但是，也太沒趣了。

老實說，若非小妹在倫敦，我非常不願意讓這個殖民過馬來西亞的帝國再賺進我的一分一毫。自從讀了馬共頭子陳平《我方的歷史》，以及這幾年大量浮出地表的馬共資料，對這些榨血鬼佬我可是恨得咬牙切齒，連帶抗拒這個國家。殖民的那些年英國佬也搜刮夠了吧，我還需要巴巴地去光榮他們的旅遊業嗎？

我很納悶自己這種非理性的民族主義式情感，要是活在馬共時代，很可能是雨林裡拿槍打游擊戰的。像當年那些加入馬共的女人，走上一條她們自己也無法想像的艱辛不歸路。走了，就再也回不去。還活著的如今在馬泰邊境兩不管的山區裡隱姓埋名，讀她們的故事讓我激動又悵惘。女人和歷史，這個組合是陽光下說不完也永遠說不清的層疊暗影。帶著這種連我也不甚清楚的情感在倫敦市區遊走，覺得這筆旅費花得有點冤。是深冬的關係嗎，這殖民帝國之都怎麼有種死氣沉沉的遲暮感？

從安靜的倫敦飛到令人難以捉摸的伊斯坦堡，從沒落的西方帝國來到東西混血的古老帝都，我的心情還陷在歷史的陰影裡，滿腦子馬共，滿腦子被歷史遺棄的女人。

也許，正是這種期待發生什麼的預期，讓我在伊斯坦堡鬆了警戒。從倫敦出發的四人組其實有點兒怪。高個兒妹夫的單眼皮老被誤判為日本人，男人對著他問，日本人？再看看跟他牽手的小妹，又猶豫了一下。也是高個兒的小妹一副「猜得出來頭給你」的混血臉，再看我一眼，又看我身旁的老爺，聰明的土耳其男人乾脆問，哪裡來啊，朋友？我們給過臺灣，倫敦，馬來西亞三個都可以成立的答案，結論是，他們最愛兄弟之邦。

話多聒噪的伊斯坦堡男人成天把這句話掛在嘴邊，馬來西亞，噢，兄弟之邦。多麼誇張的馬來西亞唸法，想像我們信仰同一個真神，那意思是說，奉阿拉之名，我絕對不會騙你。兄弟之邦。多麼伊斯蘭，天曉得馬來男人跟土耳其男人實在差太多太多，熱情和友善底下的商業目的如此赤裸。喔，兄弟之邦。

兄弟之邦是解開心防的好詞，剛開始我是清醒的，在大市集討價還價時。大市集裡做買賣的都是男人，善於搭訕。即便直接了當拒絕，他們還是笑嘻嘻絲毫不介意。大市集沿地勢而建，整座建築像迷宮一樣，四通八達。明明打這攤賣燈的經過，繞了一圈經過地氈皮製品土產紀念品，又鬼打牆行過同樣燈攤，老闆照樣點頭微笑打招呼。嗨，我的朋友。記性驚人，絕不死纏爛打。做生意的土耳其男人世故，但不討人厭。在魚市場應老闆要求合照，小妹說阿姊啊小心你會出現在色情網站上。他們熱情過頭時有點讓人難以招架，毫不掩飾對外國女人的狼意，眼神滴出色水隨時處在發情狀態，果然是娶四個老婆的。

往博斯普魯斯海鋪下去的大雪。

藍色清真寺，進去得脫鞋。

總比無聊的倫敦好。小妹不同意，她覺得倫敦讓人放心，制度化，安全。在倫敦住過會欣賞它的表裡如一，眼睛看到的就是一切。伊斯坦堡卻處處陷阱，買個餅裹腹吧也會上當，買東西要對半殺價，殺對半之後還會發現更便宜的。各種各樣想從旅人身上騙錢的把戲。蘇菲亞教堂外三個男人捏了雪球給我們玩，正要讚美他們的友善，把戲就上場了。我的朋友，我的店在那裡，有空嗎，請來坐一下。年輕的土耳其男人指了個方向，滿臉看來真誠的虛偽的笑。我們也虛偽的和善的笑，我的朋友，我們急著到下一個地方，有時間再去。沒問題，他們笑一笑，詳細告訴我們下一個地點如何走。

我始終弄不清楚這些信仰阿拉的男人怎麼如此圓滑，跟從前我認識的那些馬來朋友非常不同。提防伊斯坦堡的男人，這是我的結論。在伊斯坦堡老城別買東西別吃飯，同樣一頓飯新城區只要半價。靠近藍色清真寺地下宮殿那一帶觀光景點就更不得了。大雪之中又冷又餓的那頓午飯真是一輩子難忘，一頓抵四頓，那價錢，我第一次體會肚飽心痛是什麼滋味。就是要坑你的高貴價格，這些土耳其男人臉無愧色，笑得很無恥。

後來我們連續四天在旅館附近同一家飯館吃飯。第一天在大雪中驚險下降，一路餓進酒店。好心的酒店看門人冒雪跑到斜對面快關門的館子喊他的朋友，卡里或哈珊之類的，指一指我們。當地時間九點多了，很有喜感的中年老闆像發胖的喬治·克隆尼，把他的餅啊菜啊烤肉串全端到我們面前，土耳其家常菜，餓昏了什麼都香。吃完一算，太便宜了嘛，老闆好像半賣半送。

這以後接連四天總有一頓在他那兒，比城中任何一家都便宜，都好吃。有一晚客人散去，老闆還邀請我們進地下室的廚房參觀。不得了，這樣的小店竟然有三、四個廚子，做餅做菜的各司其職，為我們新烤的土耳其披薩噴香。自從發現我熱愛他的現磨辣椒，每回一定奉送，大雪天裡吃得我頭皮冒汗。每天我們總要出現一次，老闆看到我們就露出老朋友的笑。價格永遠比預期的便宜，這老闆可是真的兄弟。最後一天我們要離開，他跟夥伴算準時間在店門口張望，攔下到機場的計程車跟我們道別。

令人錯亂的伊斯坦堡。

沒買東西光問路，土耳其男人還是很樂意指點迷津，這是我欣賞他們之處，友善的兄弟之邦。要是沒表現出急著離開的樣子，他們的不爛之舌就準備要做買賣了。要我買東西，難得咧。平時就是那種最討售貨員憎的理智型消費者，要我從口袋掏出錢來？除非我願意我用得上我想，否則再優惠都休想誘我花錢。何況旅行時向來沒買東西的習慣，回家的行李多半比出門時輕。土耳其男人賣力促銷自動降價，一個琉璃桌燈的身價最後殺剩三分之一。好吧，我的朋友，你出個價錢。男人有點氣餒的問。讓我再想想。笑一笑，我仍然沒買。

最令人難忘的土耳其男人，是矮黑其貌不揚的擦鞋騙子。起先我們只是問路。這人挑著他的擦鞋家當，熱心的把我們一路領到朵瑪巴切皇宮後面。算算那爬坡又下坡的路程還真遠哪，我跟在他後面疾走，深怕走丟。這人小腿內八可走路奇快，腳底抹油似的，心情愉快邊走邊唱，製造和善的假象（他當然愉快，魚快上勾了。他當然得走得快，不然要等著被揍嗎？）第二個友善假象是，他拿出看家本領要幫我們擦鞋。我們遲疑了一下。free。他彈了一下手指，立刻擺出家當，把老爺和小妹兩雙被雪水污染的鞋子擦亮。邊擦邊說他討厭美國人英國人，但東方人都是他朋友。他英文很破，可是加上比手劃腳，勉強可以溝通。

最後，他說他蒐集硬幣。我們掏出十元五元臺幣送他。不不不，人民幣。我們不是中國人，好言解釋（免費帶路又免費擦鞋，我們都有點不好意思）。最後他說要看看外國紙鈔長什麼模樣。我跟老爺出遠門從不帶錢包，紙鈔東塞西藏。老爺掀口袋給騙子看，哪，沒有。我直勾勾地看著，這不太對。

我還在判斷（我在猶豫什麼？）。騙子轉向妹夫和小妹。妹夫拿出錢包，裡面有幾張英磅。騙子拿著英磅比劃。老實說，此刻已進入神奇時刻。他嘴裡胡亂講些什麼我沒聽懂，只記得他說朋友朋友（騙子騙子）。八只眼睛盯死鈔票，仗著人多勢眾諒他不敢打搶的心態想看他幹麼？他把紙鈔拿出來又放回去，放回去又拿出來。如此幾回，我們快頭昏了。在幹麼？還在納悶，騙子把錢包還給妹夫，再一次強調他是朋友，指一指前方，朵瑪巴切，跟我們道再見。騙子一轉身，妹夫立刻點算岌岌可危的鈔票。好像少了一張。他不太確定。真的少了一張，十英磅。妹夫露出不可置信的表情。

騙子還在遠處，小妹邊喊邊追，我火速跟去。騙子飛快爬上階梯，跟那張憑空消失的鈔票一樣憑空消失在斜坡的大馬路上。我們的男人在背後踩煞車，別追了別追了萬一他有同黨，妳們兩個。姊妹倆不顧一切往前奔去。打死他。我心臟跳得很快，怒火竄燒，小妹則滿臉通紅。兩位溫和的男士氣喘吁吁跟著爬上來。四個人站在空無行人的大街上，還沒從驚愕中轉醒。這個震撼教育未免太震撼。八只眼睛竟然都沒看到鈔票逃走，騙子的伎倆可真純熟。難道，他還會變魔術嗎？

光明正大騙到你們的錢。只要想到這個鐵一般的事實我就受不了。十英磅事小，被騙的滋味卻非常糟。後來我們猜，這騙子擦鞋時手上抹了鞋油，鈔票幾回進出錢包的過程中，順勢就滑走一張。

事實只有阿拉曉得。彷彿，我看到祂神祕的笑了。

我想起帕慕克的呼愁（hüzün）。伊斯坦堡的憂傷。難忘的兄弟之邦。難忘的，不是一進去讓我嘩一聲喊出來的藍色清真寺，不是內斂而令人心生敬畏的蘇菲亞教堂，不是滿城行走的貓，不是順地勢往博斯普魯斯海鋪下去的迷人大雪，不是老城街道旁讓人徘徊不去的寧靜墓園，不是帕慕克筆下充滿呼愁的廢墟。而是這些騙子。騙子，伊斯坦堡的現代呼愁。

定稿於二〇〇九年七月

紗麗上的塵埃

一半的飛機票錢給我，帶你去小印度一日遊吧。小妹沒好氣的說，兩個月前知道我要去印度，她就開始潑冷水，要我改變主意。出發前通了幾次電話，她對內內（nei nei）的國家很沒好感。我們從小都稱印度人nei nei，原因不明。大概繞來繞去的印度話裡很多nei的發音吧，總之比帶有貶意的「吉寧」人來得可愛。

那種國家，有什麼好去喔？印度，唉呀。從小跟印度人一起長大，在印度鄰居家進出自如，親到進印度廟，連印度神也拜了，就差沒嫁印度仔。她不懂，那種地方，究竟對我還有什麼吸引力？吉隆坡的小印度什麼都有，冒著危險花錢大老遠飛印度，你沒看新聞咩？

去參加反強暴遊行。電話這頭我嬉笑著回她。她開始用母親來恐嚇我，媽今晚會托夢給你，叫你別「八天」（到處）走，死妹仔。她學母親的語氣講話倒是小有效果。我收起笑臉。喂，媽從來不管我去哪的，囉唆什麼？當了媽的小妹講話很有殺氣，她向來措辭銳利，對我出招從不心軟。媽不是不管你，是管不到你，誰敢管你喔？阿姊。我好像看到在天上的母親用她的招牌動作撇了撇嘴，跟印度人一樣搖搖頭，轉身走了。沒眼睇。母親過世時眼睛閉得很緊，一副老娘沒眼看不想管了的表情。

既然如此，多說徒然浪費口水，浪費電話錢。我仍然按照計劃起早摸黑在冷氣團的簇擁中上了飛機。

母親或許真是不太喜歡我去印度，先是簽證出了狀況。我們的簽證，竟然貼在對方的護照上。發現時人在飛行中。對看一眼，你中有我，我中有你，唉。這讓人哭笑不得的錯誤一點也不美麗。最壞的打算是原機遣返，最大的損失是虧錢。包括德里飛瓦拉那西的兩張來回票，以及旅館押金。

沒什麼大不了的。錢能解決的問題，都不是太壞的問題。錢就換不回母親。最無法忍受的，是成為小妹一輩子笑不完的笑話。

我睡了個好覺，看完一場電影。沒多久，就在效率奇差的印度機場排著長長的隊，等著看自己的笑話成形。

還是放行了。費了一番唇舌，印度大叔請示上級，上級又打電話，最後大叔搖著頭碎碎唸了許久，使力給護照蓋上入境戳。護照回到手上時，我跟印度大叔搖搖頭，幾乎吹著口哨進了印度國門。

只要搖搖頭，就是對的，沒問題。從前我喊隔壁的鄰居要檸檬，大娘掀開窗簾搖搖頭，那就是好啦好啦摘吧。英文文法答對了，印度老師也搖頭。計程車司機搖頭我們便上車，殺價時我們等待小販搖頭。如果，他們點頭呢？

我會不知所措。

從前父親三不五時便嚴重落枕。像有隻無形的手掐住脖子，他小動作做每件事，找到空檔便速往印度人的理髮廳去求救。這種痛不死人，可是絕對讓人痛不欲生。父親的形容是，左右三兩下，喀喀喀，痛，而且快。痛而後快。無形的手鬆開，頸椎立馬歸位，連帶皺著的眉僵硬的脖子全部舒展開來。印度舞蹈需要一個靈活的脖子，宛如機器般橫向移動自如的頭。印度女人把頭當運貨工具使用，頭頂重物如特技表演，脖子肌肉如此強韌耐用，可媲美一級方程式賽車的小夥子。

不可思議的頭。不可思議的印度人。雖然我常在印度人家中出入，還是摸不透他們。這些有著古老文明的民族，背後大概都有一大串神祕的老幽靈守候著。父親總說印度人滑頭，寧願跟馬來人稱兄道弟。馬來人個性單純些。

我無從證明，我只知道印度餐跟馬來餐一樣，比中餐合我口味。

早餐來個Roti cenai沾咖哩，火辣醒腦，是我的最愛。黃薑飯用手抓食，指縫裡總有洗不掉的香料餘韻可供回味。母親稱為印度水的玫瑰飲料，緋紅甜膩，透光，盛在透明玻璃杯像清澈的咳嗽藥水，不解渴也不解咳。糕點總是少不了椰渣椰糖，甜得牙痛，甜得印度人一到中年，全都橫向發展。印度男人的肚子跨欄，跨出褲頭之外。印度女人則肆無忌憚，反正紗麗長五點五公尺，放心吃，總是夠長的。甘文煙熏蚊子。淡米爾語罵三字經。不是母語，罵起來臉不紅心不虛。混合著花香體味人擠人的印度廟。放長假時，窩在印度朋友家裡玩飛機棋，象鼻神肥嘟嘟地很福氣，祂正凝視庭院一株花開滿樹的紫薇，熱風中烈陽下微微搖曳。

午後的悠長時光啊。

烈日下的九重葛豔瀲火紅，一團一團地燃，直燒到路的盡頭，油棕廠房外。油棕果的焦香混著泥味飄散在空氣中，光陰的氣味。七〇年代末，南來的中國與東來的印度後裔，在英國人的莊園裡，椰子樹葉的刷刷聲中，做著熱烘烘的赤道之夢。

一轉眼就消散了，像塵埃。馬來西亞瑰麗的印度記憶，那瑰麗更對比出眼前的荒蕪。

是的，印度給我荒蕪之感。偌大的土地恍臨末法之世，眾生自生自滅，佛的慈悲隨著佛法東去，留下苦難眾生，乞求大地的悲憫。陌生的印度，同樣不可思議。

隨處可見垃圾，路邊總有牛狗在垃圾堆邊撿東西吃。滿城行走的牛，四處躺臥的狗，狗比牛更多。母狗帶小狗三四隻，眼神裡強烈的食物渴望。狗牛都那麼瘦，牛排清晰，而狗骨，簡直快掙破薄皮了。牛狗均無精打采結伴吃垃圾，不爭不搶，大概也沒什麼好東西可搶。牛在印度得順應環境成為雜食動物。印度人不吃牛肉，卻也看不出有多疼惜牛。可憐的牛，瘦得連蒼蠅也懶得理。聽說冬季只下兩場雨，無草可長，乾荒大地在渴求佛的悲憫。

馬來西亞的牛至少有豐沛的雨水滋養糧草。

從前牛群老到我家吃嫩葉嫩草，當然不放過新長的菜。牛群還在轉彎角緩步，母親就大喊，牛來了牛來了。妹妹和我如臨大敵，堵在斜坡上準備趕牛。吃菜吃葉子，最可怕的是還在草地留下紀念品。臭是不臭，可是踩中地雷時，絕對不是淡米爾三字經洩得了恨的。

從機場到德里市中心的路上，牛狗結伴覓食的迎賓方式，遠比紗麗讓人印象深

這張臉，讓我想起油棕園的鄰居。

這就是生活。

刻。紗麗在塵風中飄揚，牛狗在塵埃中緩步。在印度沒見過狗歡快的飛奔，讓我以為狗幾乎被牛同化了。無論德里或瓦拉那西，牛狗相偎為命成為最尋常的風景，無人多看一眼，然而牠們認命的眼神深深刺痛我。相較之下，紗麗或頭巾的明豔反而突兀，鮮明潑辣的顏色擋也擋不住地自動跳入眼睛，跟塵土飛揚的環境多麼不協調。

在臺灣看慣了乾淨明亮的店面，那些窄小灰暗的小店總是令人心生疑惑，好像這樣的店賣不出令人安心的東西。那景象似六、七〇年代馬來西亞沒落的鄉鎮，散發著勉強維持生活的困窘。路邊總是有土堆，到處黃泥。這城市總在施工中狀態，漫天塵埃。貧民窟包覆在塵土中，低矮的泥牆或泥磚牆擠在泥地，路邊隨時有進行中的工程，開挖出來成堆的黃土堆予人貧瘠之感。這土，能種出活人的莊稼嗎？

跟黃土相處慣了，印度人似乎不覺得那是現代都市的異形。妨礙交通？就繞路吧，或者想辦法鑽縫，不能繞不能鑽，就堵吧。時間不值錢哪，不堵這就堵別處。總而言之，隨遇而安。被超車或違規殺入的車子堵了去路，不動怒不詛咒，亦無嫌惡表情。喇叭按得又急又快已經按成無效了，震耳的喇叭並不帶怒氣。

就認命嘛，習慣了就好，生活裡太多比這種日常值得動氣的。他們的臉這樣告訴我。

大多是「故意有缺陷」的國產車。缺了後視鏡，車身側邊鈑金特薄，減少厚度好方便在車陣中貼車穿梭。兩線道的馬路常常被當成三線四線開，車子之間的縫隙算得神準。沒有後視鏡反而切換得更麻俐，後方來車會按喇叭給提醒。那種類似特技表演的開車法時時給人「絕處逢生」和「殺出生路」之感。這開車法痛快，在印度能把車開好，全世界都能開。亂開自成章法，印度的馬路交通把亂中有序實踐得太完美了。我問包頭的錫克大叔，不出車禍嗎這開法？他一聽就笑，灰白大鬍子顫呀顫，好像我問了個連鬍子都忍不住要笑的笑話。不不不，這樣好，這樣我們都習慣了。小碰撞有的，我們不在意。

路上的車子多半體無完膚刮痕無數。果然不在意。人生本來就充滿刮痕，這是現實。沒有刮痕的人生，也太無趣了。

回到旅館，我邊刷牙邊想，印度人沒有心思聯想刮痕和人生的關係。他們不過習慣了刮痕如同習慣塞車和髒亂。沒有習慣，如何平心靜氣把日子過下去？下輩子，下下輩子，可能還要輪迴到這可能改變不了太多的土地啊。

這城市歡快少緊張多，恐怖攻擊的陰影似乎無所不在。進任何公共空間都要檢查搜身，每一次外出再進入住宿的旅店，也如此不厭其煩。鏡子伸入車底，後車廂打開，行李箱進旅店門前先過X光，人也一樣。啊，酒店安檢如機場。我以為國慶的緣故。旅館的服務生倒是很坦率，一直都這樣的，跟國慶無關。第二天收到通知，國慶日當天，清晨六點到十二點請勿打開窗簾。我從十五樓的窗口望出去，殺手會在這時候試手氣嗎？國會大廈和總統府確實在視野之內，大概，一公里遠吧。博物館閉館，地鐵停駛，最大的購物中心停止營業。還有最荒謬的，不准遠觀。

我怎麼那麼好采？牛糞沒踩到，倒是碰到如臨大敵的國慶。

不信任，恐懼，暴力。印度人習慣了。

沒有地鐵，就用走的，大清早四五點鐘，走好幾公里參加國慶大典。國家不信任我們，我們愛她就好。習慣就好，我們都是這樣把日子過下去的。況且，我們有選擇嗎？

中午十二點，我掀開窗簾，路上滿滿往城外走的人群。印度人啊。

第一天我戴口罩。出發前，法師朋友叮嚀再三，千萬戴口罩，空氣真的真的很差。於是所到之處，我的口罩成為視線焦點，連我都覺得這古怪的配備充滿歧視和防範。乾脆不戴了。巴黎和倫敦的地鐵空氣品質也好不到哪，可憐的鼻子在歐洲不也受盡現代都市的折磨？口罩讓我有窒息錯覺，想想SARS期間都沒戴，學校發的口罩囤到現在，快十年了，早過期了吧。人沒那麼脆弱，死不了的。這麼一想，在計程車裡震耳的喇叭聲中也熟睡，跟巴黎坐地鐵般心無罣礙。再久住些，說不定我也會對塞車和髒亂無感。乾淨是一生，髒亂也是一生。從前在油棕園，自來水泛黃，油棕廠排放的黑煙在空中飛揚，一周沒下雨，黃泥路都是車子揚起的塵土。我們仍然像野草一樣髒髒的長大了。

然而印度的髒裡帶著混亂無序，這古老狀態最後習焉而成常態，才是絕望。路上總有男人群聚，臉上無所事事的空蕪感。好像他們有許多可供揮霍的時間，多得不知該如何打發。印度男人對周遭的一切都有興趣，問路，明明只問一個人，卻總有幾個人會圍過來，認真研究。搖頭。比手劃腳。毫不掩飾從頭到尾的打量，擺明的好奇。在歐洲行走，沒人會拿眼神掃瞄別人，那麼光明正大的，五臟六腑都要看透似的。別人看我，我也看回去。跟男人比眼力吃虧得很，畢竟是新手，沒這些男人盯梢的定力。何況，男人的內臟有什麼好看的呢？

農村的習慣吧，熱情的一種。新德里仍然拖著丟不掉也沒打算丟掉的農村尾巴，生活習慣還停留在前現代的老百姓，突然被時光列車送入現代都市，於是新德里有了一種斷裂的都市樣貌。男人在堵車的大街面牆尿尿。掛滿長豆的路樹上，松鼠追逐蹦跳。天空有鷹盤旋。新德里的松鼠比歐洲的小巧精悍，毛色深尾巴濃密。松鼠跟老鷹，活得比牛狗和人都還要精神。

也比女人精神。女人跟紗麗成一體，紗麗的搶眼，正好掩蓋女人的疲憊。很少看到歡樂的女人，即便參加完國慶慶典，她們魚貫在路上，紗麗舞塵風，臉上就那樣認分的疲憊，輪迴的女人之苦丟也丟不掉，說不上是沒表情或茫然。在想什麼呢？難怪《藥師經》要女人多做功課，下輩子或下下輩子轉女成男。這正是我的願望，想必也是母親，以及祖母的願望。

艱難的生活需要火辣的顏色，燃起活著的勇氣也罷，妝點太平也罷。在廟裡拜拜的身影和神情因此顯得特別動人，那一刻，她們深邃的眼裡跳動著希望和渴求，散發感情和溫度。我很難把她們跟電影裡唱歌跳舞，眉眼傳情的活潑女人聯想在一起。做戲咁做囉，廣東話不是說了，電影是電影，人生歸人生。連戲迷母親都說，演戲你當真？說是這麼說，在我心裡，總是希望這些被什麼五花大綁的女人快樂點。她們讓我想起《禍水》，電影裡那群守寡的女人多麼絕望，只能穿白色，剃頭，成為命運的罪人。失去彩色的人生。

印度女人絕對是耐看的，一看再看，什麼東西在她們身上都要推到極致。色彩用得不按牌理，大膽而狂放。國慶日那天，大街和廟裡滿滿人潮，我的眼睛真是忙不過來。反反覆覆我說，喔，那個顏色，便被顏色定格了。橘配寶藍，石榴紅搭紫金，鵝黃壓桃紅。這是什麼配色法？沒有對比沒有協調，就是刺激。讓眼睛嚇一跳。大概把衣櫃裡最鮮豔最華麗的壓箱寶全穿上了。我第一次發現自己的顏色詞彙嚴重匱乏。母親把印度人喜歡的顏色叫印度色，簡而言之，不按牌理的撞色就是印度人要的。

妝容也很震撼。眼睛夠黑夠深了，仍然要畫上逼近審美邊緣的粗黑眼線。眼睫毛夠長夠密了，還要刷得更長更密。女人對美的要求真是不可理喻。瘦還要更瘦，美還要更美。所以，黑，還要更黑？眼神烏黑一片，我因此要久久注目，她們難以看清的眼神說了什麼？

這樣看人，跟印度男人可以結拜去。

印度女人不抹油，她們鬆鬆的棕褐色髮辮自有隨興之美。從前油棕園的朋友來自南印度，髮色皮膚都有歌頌太陽的黑。我的朋友洗完澡，身上髮上要塗一層黃色油膏，黑皮膚透出抹不勻的斑駁有點難看，還混身散發印度味。我薰染那氣息，一

胡馬雍陵的印度婦人。

新德里市區的貧民窟。

民間生活。

回家，過敏的母親皺眉，這什麼吉寧味？我們的祖先都是為了生活而移民，然而華人私底下叫印度人吉寧鬼，這裡頭的歧視意味，連印度人都聽得懂。

母親管不了我，我還是愛串門子。印度女孩頭髮抹油這事尤其讓我好奇。印度妹大多鬈髮，髮質粗硬，抹了油編起辮子服貼水亮。我有一頭濃密黑髮，很難伺候。剪太短或留太長都不行，早上醒來像戴了頂安全帽奇蠢無比。上學前，總要跟怒髮搏鬥，最後氣呼呼衝出家門。

於是妄想用髮油馴髮。一次就投降了。實在無法忍受那味道跟油燜的頭皮，太陽底下簡直冒煙。

有限的淡米爾語早已遺忘在油棕園裡，剩下怎麼都忘不掉也用不上的三字經。有幾次在德里的印度廟裡我試著攀談，英語用不上，就只好微笑再微笑。臨時跟計程車司機學了幾個單字，他教的到底是興地語還是旁遮普語？我沒問，找旅店時竟用上了。一個英文路名不懂，旅店位置不清楚的機場計程車司機。給他出發前印好的英文古狗地圖，當然看不懂。靠著臨時抱佛腳學來的單字，倒是一路提心吊膽的到了。

總有人問我從哪兒來，也沒有人猜中過我從哪兒來。

從哪兒來？這個嘛，從字面意義理解，答，臺灣。沒有人相信。臺灣？他們重複一次，問號。不像不像。

奇怪，在臺灣倒是很少人說不像。雖然走在假日的中壢街上，那些迎面而來的東南亞同胞總會打量我，那眼神是，你是我族類嗎？不論在國外或臺灣，從沒有人猜對過我的來處。在國外行走多年，我總是被當成留學生，在大陸北方則被看成南方來的。倒是在馬來西亞，自己的國家，被印度計程車司機當成外國人，敲我竹槓。上車時該說馬來話，幹麼講英語呢？我用馬來話狠狠數落這老兄，立刻下車。這丟臉的馬來西亞人。當時腦海來來去去就這個念頭。這國族主義的反應很值得玩味。

在自己的國家像外人，這些年，我慢慢習慣，也接受了。

很多人說到印度千萬小心受騙，沒跟團，更要小心。這好心的叮囑把我弄得神經緊繃。

並非如此。

第一天的錫克大叔載我們到舊德里，見我們被三輪車伕糾纏，乾脆跟車。小心這些人。他小聲說，把我們路邊放下，讓我們等他把計程車停好。人家還怕我們上當呢。

可憐的瘦車伕，他就這樣買二硬送一的踩了兩個多小時。錫克大叔也舒服不到哪，他抓緊鐵杆，胖圓的身體縮在乘客座後頭，顛在路況奇差的狹窄巷弄。我很擔心顛著顛著他緊繃的衣服就要裂開了。邊顛他還不忘給我們講解舊德里的小細節，只要我露出驚訝的表情，他就開心靦腆的笑了。

我們穿梭在小店小舖擠得密密麻麻的月光市場和耆那教街，百味雜陳哪。垃圾味、尿味、人味，食物味。一到這裡我就想起中醫朋友。他在新加坡的小印度被濃烈的氣味熏暈了，午飯沒吃就落荒而逃。天氣那麼熱，味道那麼強，喔！我發誓，再也不去有印度人的地方。你怎麼受得了？

我可是聞著那味道長大的呀！然而，對比真正的印度，從前真是小意思。人可真多。果然是超過十一億人口的大國。人車無數次有驚無險的擦身而過。就這樣走走停停，跑到老民宅和廟裡閒逛，穿鞋脫鞋弄得腳底髒兮兮地。我進廟必拜，不管什麼神。拜拜的印度人一看來了異類，全都把望神的眼光轉向我們，這什麼人也來拜我們的神？他們的眼神充滿疑惑。我笑嘻嘻的合十，他們楞了一下，也笑了。廟住持要在我眉心點個黃點，我立刻把額頭轉給他。

兩個多小時。大叔說付一百盧比就好。一百？我們還是按照瘦車伕的要求多加一倍，沒讓大叔知道。折合臺幣不到一百，這辛苦錢我們拗不了，神會懲罰我沒良心。況且，無端端加了好心的大叔，可憐的印度車伕，生活多麼不容易。那些牛，那些狗，如塵埃的大地眾生。

所以需要宗教。

日落的恆河，沒有夕暉，風是冷的。瓦拉那西的冬日灰暮，駝背的擺渡人把我們擺到死亡面前。喔，不，不是死亡，那是死亡的儀式。河壇的火葬場堆滿未燃的柴薪，亡者的肉身也埋在柴薪裡，岸上煙霧繚繞。日復日，不分晝夜，肉身在此化解，而後隨水流逝。我有個錯覺，好像在苦海飄泊的是我們，渡到彼岸是河壇邊已離肉身的亡靈。

我問西化的地陪，你有宗教信仰嗎？你確實相信嗎？

很好奇從小在這種氛圍長大，把死亡看成日常的在地人，對宗教有什麼看法。有的，我有。但「相信」需要時間，有一天我會的。現在我不是個好教徒我很清楚，我會陪客人去喝酒。我的太太不喜歡。

手機突然響了。講完電話他笑了笑，Home Minister打來，確定我會準時回家。我楞了一下，大笑。他比較接近我認識的印度人。一個世俗而有趣的傢伙，家族經營布料生意，想來從小沒吃過什麼苦，對於宗教，有著非常不印度的想法。跟著他穿梭在夜色中烏黑的小巷弄，到處牛糞狗屎。小房子小廟一棵老菩提樹他都說得出故事，這些巷弄他從小走到大，閉起眼睛都能走。就這麼食物香料薰香，一家一家小店玩過去，玩到他家。我見識了龐大的布料事業。

家族和工人全住在一幢四合院結構的五層老式樓房。烏黑發亮的黑狗搖著尾巴，是這趟行程最精神的狗了。更開眼界的是布料，喀什米爾，巴斯米那，印度絲。紗麗，布和圍巾，我淹沒在顏色裡，被那些叫不出名堂的色彩耗盡精神。最後跟盤腿而坐，像尊象神的胖伯伯完成兩筆交易，喝了他家混著香料的奶茶，吃完新烤熱辣的比薩，終於又累又飽還夾雜著說不出什麼奇怪的複雜感覺回到旅館。

喝著紅酒，望著暗夜，遠處傳來火車的鳴聲，像誦經一樣出奇的安靜，有聲似無聲。腦子浮滿了問號。孟買附近生產的紅酒，口味接近智利和阿根廷等南美大陸，而離歐洲的細膩優雅較遠。絕對個性鮮明，令人一喝難忘。

這是什麼樣的國家什麼樣的民族？

絕對不能用好玩來形容。我回答小妹。不然是什麼？她在電話那頭，有點幸災樂禍。我可以想像她得勢不饒人欠扁的表情。印度塵埃太多，我始終看不清。好像說給自己聽的，我有點喃喃自語。

我真的說不清楚。

定稿於二〇一三年四月

單純記事

夕陽已經完全陷落南中國海，亞庇機場的玻璃落地窗外海面一層紅火輕輕搖晃，像豔辣的咖哩。亞庇原來叫哥打京那峇魯，我比較喜歡抑揚頓挫、多音節的舊名，不過亞庇似乎更能準確的形容窗外，那漫天的紅火啊。

這臨海機場簡單得近乎空洞，我在這兒轉機。飛往古晉的航班銜接不好，乃有無所事事的三個小時。

無所事事時其實腦袋雜念最多。二〇〇五年九月，在亞庇的機場。祖父和祖母相繼過世了。只是過世而已，他們其實沒有離開，長久以來，一直活在我的生活和夢裡。常常不期然就被一個畫面或一句話提醒，他們從幽黯的通道和空間走出來，我們無聲對話。給西馬的父母親打了電話。我們都在馬來西亞，但是半島與島之間隔著南中國海。天涯海角，我們永遠占據著彼此的生命，無論活著，或死去。

老楊長年在山裡打獵，走山過河，一肚子說不完的故事。他說詩巫（Sibu）的沼澤多蚊子也多，最適合養燕子。燕子一天要吃六千隻蚊子，詩巫最適合燕子生存。你怎麼知道是六千隻？我反問。剖開肚子，數呀！果然有實驗精神有耐性，六千隻蚊子，得數很久吧。老楊燕窩生意做得不壞，他養燕取燕窩，製造好環境請燕子住進去，不必攀爬險崖，錢就飛進來了。

燕子的口水真有美容養顏的奇效？我又問。老楊信誓旦旦，我跟你保證絕對有效，我老婆走前半年天天吃燕窩，皮膚又細又光滑，比小姐還好，根本不像要死的人。還有，燕窩不是燕子的口水，是兩頰的分泌物。老楊說一口極為流利的伊班語，他僱的工人多半是原住民，也有卡央族或其他的。據說砂拉越的原住民有二十七族，光從外表我實在分不出來，只有在地人老楊或是沈慶旺他們才清楚。沈慶旺的太太還是華人和伊班人的混血兒。他們似乎都能講伊班語，就像我們在西馬講馬來話。畢竟伊班人是砂拉越第一多人口，華人其次，馬來人第三，馬來語在這兒不太管用。

從古晉到詩巫飛行一小時。這個小鄉鎮似乎大半泡到水裡了，許多低窪的房子已經淪陷。有些靠海近河的屋子前半是泥沼，後半住人。這地方我肯定沒辦法住，不是環境，而是食物。當地人當早餐的乾拌麵都是味精，菜餚都灑了這可怕得令我全身發熱的添加物。只有那微酸散發蜜香的柚了，讓人想念不已。

古晉和詩巫煥發的神采不類北馬的怡保或南馬的居鑾，古晉亦非詩巫，就像怡保跟金寶，是閨秀跟村姑的對比，風情大異。古晉人李永平說自己是大英帝國子民，不是馬來西亞公民，他寧願別人稱他是華人作家，而非馬華作家。古晉真有那種殖民地的混血表情，怡保也有，可是怡保馬來化些，跟西馬的西海岸城市，仍是同一血緣，耳邊少不了熟悉的馬來話。古晉市跟澳門的氹仔島風情較近，對開的長狹形窗戶嵌在低矮的鮮豔建築裡，藍和黃，天空和雲霞的對比色。只是古晉更老舊破落，被殖民國遺棄又沒獲新主人好好疼惜，遂有掩抑不住的一點落寞神色，混在閒散的空氣裡。

英國的布洛克家族當年殖民砂拉越，完全是受「黑金」吸引。黑金，就是黑胡椒，砂拉越雨水足，泥土厚，土質疏鬆且排水良好，月平均溫差不超過攝氏七度，終年高溫，永遠不缺大太陽，胡椒出奇的醇厚夠勁，特別辛香。陰冷的英國，多麼需要這種怯寒溫經的赤道結晶體。

如果受不了黑胡椒的潑辣，白胡椒也很好。黑胡椒去皮後就是白胡椒，溫和一些，適合煲豬肚雞骨湯，暖胃散寒。沈慶旺送我黑白胡椒各一大包，冬天燉白蘿蔔時灑一些壓碎胡椒粉提味，辛辣味愈顯蘿蔔清甜。滷菜時多那幾顆暖烘烘的小東西，特別提味，不小心咬碎了，在嘴裡爆開的辛香霸氣十足，記憶中沒有哪種味道如此蠻橫的征服過我的舌頭。

濕冷的冬季，特別讓人懷念砂拉越。古晉紅心番石榴，詩巫綿密細緻的白柚。紅心番石榴比拳頭巨大，渾圓結實，豔紅的心在視覺和口感上都比果肉優勝；至於白柚，如果詩巫的柚子排第一，後面要空三個，才輪得到號稱天下第一的怡保打把柚。

還有沙貝琴。從古晉帶回的沙貝琴（sabe）就豎立在書架左前方，有時我會在沙貝琴聲裡想起轉機時寥落的心情，想起顛倒的夢境。琴和CD是沈慶旺和阿嘯送的。從砂拉越回來九月中，剛開學，心情還停留在放假的鬆馳狀態。三絃琴彈奏的曲子又脆又軟，尾音拖得特別長，遂有那麼一點懶洋洋，迷迷濛濛的無力感，跟聽巫樂一樣，讓人做什麼事都不起勁，很有被下了降頭的感覺。聲音或物的召喚最強烈，像巫術，直擊靈魂。伊班人的巫師治病，伊班人的音樂則讓人病。

病著的應該是我，不是音樂。是我顛倒夢想，喜歡譬喻，否則物即物，聲無非聲而已。漫天的燕子，廟簷底下纍纍的燕巢，長屋裡的人頭，一公里長的夜市。老楊的山神故事，露天酒館吃飯喝酒的夜晚。阿嘯說我牙不好，咬不動這塊肉，遂把噴香的烤肉放在齒牙底下試，最終放棄。沈慶旺指著白皙的太太說，哪，她有一半伊班人的血統，你看得出來嗎。諸如此類。

單純的記事多美好。

我卻離不了譬喻，喜歡物的易容術。亞庇機場像咖哩一樣浮動的美麗霞光，因而總是帶著死亡的陰影，帶著夢，以及罣礙。

定稿於二〇〇九年四月

古晉市區，傳統的現代化。

古晉郊區還保留著不少現代化的長屋。

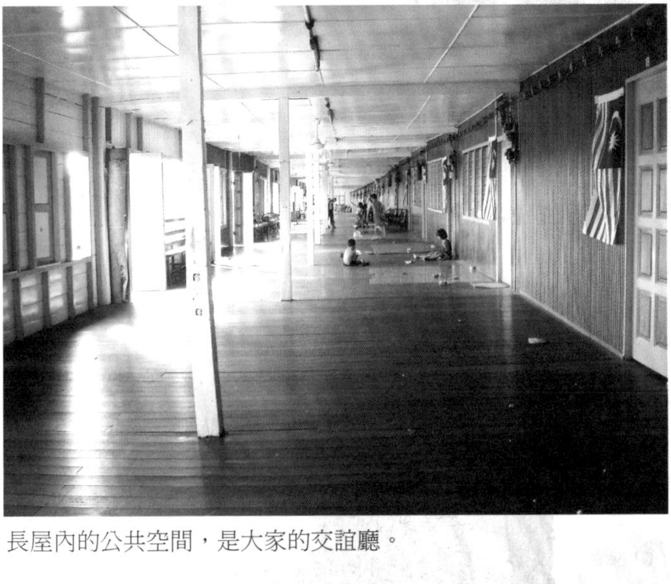
長屋內的公共空間，是大家的交誼廳。

鍾怡雯作品集06

麻雀樹

作者　鍾怡雯
責任編輯　蔡佩錦
創辦人　蔡文甫
發行人　蔡澤玉
出版發行　九歌出版社有限公司
臺北市105八德路3段12巷57弄40號
電話／02-25776564・傳真／02-25789205
郵政劃撥／0112295-1
九歌文學網　www.chiuko.com.tw
印刷　晨捷印製股份有限公司
法律顧問　龍躍天律師・蕭雄淋律師・董安丹律師
初版　2014（民國103）年9月
定價　280元

書號　0110506
ISBN　978-957-444-955-2

國家圖書館出版品預行編目資料

麻雀樹 / 鍾怡雯著. -- 初版. -- 臺北市：
九歌, 民103.09

240 面 ;14.8×21公分. -- (鍾怡雯作品集 ; 6)

ISBN 978-957-444-955-2(平裝)

855 103013181